AF226478

BOOK COVER PHOTOGRAPHER BY BIHAIBO
EDITOR: NTXHAIS TSAAB
FIRST EDITION MARCH 2026
ISBN 978-1-972415-00-9
EBOOK: ISBN 978-1-972415-02-3
PAAJNTAUB03@GMAIL.COM

GRAPHIC DESIGN BY SIVA MCATEER DESIGN GROUP LLC
WWW.SIVAMCATEER.COM

PUBLISHED BY HMONG BOOK PUBLISHING
WWW.HMONGBOOKPUBLISHING.COM

Thov ua tsaug tsua kuv nam hab kuv txiv vim muaj meb paab kuv, kuv txhaj le sau taag phau ntawv ntawm nuav. Meb cov lug txaj nyob taag ib txha tsua huv phau ntawv ntawm nuav lawm nawb. Thov muab phau ntawv ntawm nuav ua meb tug vim meb yog tug txhawb kuv lub zug hab paab kuv lug tau ntau lub xyoo. Thov ua tsaug tsua meb txuj kev hlub os nam hab txiv.

Txiv Tooj Teg Tub Ntaus Ntseg Hab Nkauj Nog

Moob Ntsuab

Tug sau: Paaj Ntaub Thoj

Tshooj 1

Yawm zaaj laug dub tug quas puj taabtom yuav lug su es nim nqhes-nqhes nplaj teb tuab neeg tug uas tsi tau yug
Yawm zaaj laug tsaa qhov ntswg moog na tau tuab neeg tug ntxhab sau nruab ntug tes nwg ua kag luam dej tawm tuaj moog ncig zuv

Yawm zaaj laug cov nplai txaij zeeg txhuas, nwg tug quas puj taabtom yuav yug miv-nyuas es nim nqhes-nqhes nplaj teb tuab neeg tug uas tsi tau rua muag
Yawm zaaj laug tsaa qhov ntswg moog na tau tuab neeg tug ntxhab sau nruab qhuab tes nwg ua kag luam dej tawm tuaj moog ncig xyuas

Nwg txawm yaa tawm huv lub paag dej moog tsaws dlua sau lub qhov tsua uas hlaav xyoob ntoo hab nroj tsuag npug
Yawm zaaj laug tig rov moog tshuab dej khawv koob ua tsua lub paag dej puv kuam muaj tuab neeg tuaj txug los xob pum nwg tug quas puj qhov chaw su tes nwg maam le dlaug leeg cev nkaag moog ncig saib huv nwg lub qhov tsua kub uas tuab neeg tuaj tsi txug

Nwg txawm yaa tawm huv lub paag dej moog tsaws dlua

sau lub qhov tsua uas nyob nraim ntawm tuab neeg qhov
muag

Yawm zaaj laug tig rov moog tshuab dej khawv koob ua
tsua nplaim dej dlaas quas dlua zoo le yog cua tshuab
kuam muaj tuab neeg tuaj los xob pum nwg tug quas
puj pw huv qaab cov pob zeb uas muaj ntxhuab tes nwg
maam dlaug leeg cev nkaag moog ncig saib huv nwg lub
qhov tsua uas yog nyaj hab kub puab

Ob nam txiv Vaam Huas taabtom yuav nrug luag muaj
tub muaj ki es txawm xaa xuv zoo moog saib nam tais hab
yawm txiv tes neej-tsaa nim phij cuam ntaub qhwv miv-
nyuas tsua ob tug coj moog siv

Noj tshais taag tes ob tug nim thaam pem taug kev rov
qaab moog tsev luag quas ntxhi es twb lug moog lawm ib
chim los ua caag ob tug tseem rov lug tshwm ntawm lub
paag dej miv ib zag ntxiv

Ob nam txiv Vaam Huas taabtom yuav nrug luag muaj tub
muaj ntxhais es txawm xaa xuv zoo moog saib yawm txiv
hab nam tais tes neej-tsaa nim phij cuam ntaub qhwv miv-
nyuas tsua ob tug coj moog ob peb daim

Noj tshais taag tes ob tug nim thaam pem taug kev rov
qaab moog tsev tas zag nuav tes ob tug yuav muaj miv-
nyuas nrug luag khaiv

Twb lug moog tau ib taav su lawm laiv los ob tug tseem rov lug tshwm ntawm lub paag dej uas muaj pob zeb thaiv

Vaam Huas ob nam txiv nqeg lub haav yuav moog haus dej na ua caag nplooj xyoob nplooj ntoos yuav ntub quas ntsuav ib ncig

Nov nplooj qhuav tawg nkig nkuav saab tiv tes ob tug tig hlo moog saib sau cov nroj tsuag nti

Ob tug pum dheev yawm zaaj laug dlaug leeg cev nrov si nkaag moog tsua huv lub qhov tsua tes ob tug tig hlo dha tsiv

Puj zaaj lub taub hau tshwm plawg sau nplaim dej ci tes nwg twb rhuav taag yawm zaaj laug cov yees siv

Puj zaaj nov ib tug miv-nyuas huv plaab tig tes Nam Vaam Huas tug miv-nyuas twb qee tau puj zaaj ib tug miv-nyuas tug ntsuj plig

Vaam Huas ob nam txiv nqeg lub haav yuav moog haus dej hab noj su kuam xob tshaib na ua caag cov aav yuav noo quas zaws ib puag ncig lub paag dej miv aiv

Pum ob tug miv noog yaa plawg tuaj sib faib tes Vaam Huas ob tug tig hlo moog saib saab tiv sau tug ceg ntoo qaij

Pum dheev yawm zaaj laug lub cev dlaug leeg txaij tes ob tug tig hlo dha moog tsiv nraim

Puj zaaj lub taub hau tshwm plawg sau nplaim dej ci saib
tes nwg twb muab yawm zaaj laug cov yees siv ntsaig
Puj zaaj nov ib tug miv-nyuas tig pw ua quas ntsais tes
Nam Vaam Huas tug miv-nyuas twb qee tau puj zaaj ib tug
miv-nyuas ntxaib

Nov puj zaaj hu nwg lub npe tes yawm zaaj laug maam
le tawm tuaj pum Vaam Huas ob tug sis tw dha, ib tug ua
qaab ib tug ua ntej
Puj zaaj twb nchuav cev ua ntshaav tsuas taag lub paag
dej lab ploog moog ti nkaus tim ntug pob zeb tes yawm
zaaj laug yaa nkaag plawg moog ntxuaj tw ntaus dej nrov
npaum xub nthe es nim ntxuaj ntseg nuj ntseg naag yaa
tawm moog w cuag le poob sau ntuj lug tsua huv txuj kev

Nov puj zaaj hu kuam nwg moog paab tes yawm zaaj laug
maam le tawm tuaj pum Vaam Huas ob tug twb dha rov
qaab moog tsua sau txuj kev aav
Puj zaaj twb nchuav ntshaav moog tsuas lab ploog taag
nrho lub paag zaaj tes yawm zaaj laug yaa nkaag plawg
moog ntxuaj tw ntaus dej nrov npaum xub nchaa es nim
ntxuaj ntseg nuj ntseg naag yaa tawm moog w cuag le
poob sau ntuj lug tsua huv txuj kaab

Nam Vaam Huas txawm ca le nqhes-nqhes ntseg es nyo

moog khaws tau peb tug tuav ntawm teg tes yawm zaaj
laug foom kag tas, "Noj kuv cov ntseg moog poob cev
kuam meb xob tau puag meb tug miv-nyuas ntev"
Yawm xub tua tuab teg ib saab ntawm qhov chaw yawm
zaaj laug nreg ua tsua aav qawj tawg pleb los yawm zaaj
laug tseem chim tshaaj qhov yuav ntshai yawm xub raab
xub taus tooj ntse

Nam Vaam Huas txawm ca le nqhes-nqhes cov ntseg daaj
es nyo moog khaws tau peb tug nqaa tes yawm zaaj laug
foom kag tas, "Noj kuv cov ntseg moog poob plaab kuam
meb xob tau puag meb tug miv-nyuas ib yaam"
Yawm xub tua tuab teg ntawm yawm zaaj laug ib saab ua
tsua aav qawj tawg pleb moog ob peb daaj los yawm zaaj
laug tseem chim tshaaj qhov yuav ntshai yawm xub raab
xub taus tooj uas ntse ob tog qaab

Yawm zaaj laug saib nraug zaaj daaj tug ntsuj plig twb
moog nrug Moob tug miv-nyuas koom ib lub cev
Vaam Huas caab kag Nam Vaam Huas txhais teg dha moog
deb-deb ua tsua yawm zaaj laug mob sab heev le es xaav
nphau hlo teb los yawm xub sawv sau ntuj taav nwg kev
Yawm zaaj laug chim los nwg kuj hlub nraug zaaj daaj ua
luaj le hab tes nwg ntaus kag lub cim zaaj tsua ntawm ib
lub kaum ceg es xaa daim ntaub kub ci hob moog pov huv

txuj kev tsua Vaam Huas khaws coj moog pov fwm tug
miv-nyuas lub neej kuam xob txom nyem

Yawm zaaj laug saib nraug zaaj daaj tug ntsuj plig twb
moog nrug Moob tug miv-nyuas koom roj ntshaa
Vaam Huas ca le tuav Nam Vaam Huas txhais teg caab
moog lawm tsi pum ob tug qaab ua tsua yawm zaaj laug
mob sab tshaaj
Yawm zaaj laug xaav ua toj roob hauv peg nphau kuam
taag los yawm xub sawv sau ntuj ntsa ntsoov nwg tsi kaam
Yawm zaaj laug ca le ntaus kag ntawm ib lub kaum ceg
kuam pum ib tug zaaj es xaa daim ntaub kub ci hob moog
pov huv txuj kaab tsua Vaam Huas khaws coj moog pov
fwm tug miv-nyuas lub neej kuam muaj noj muaj naav

Vaam Huas tug ntxhais yug lug tsi tau muaj ib hlis, naag txawm siv lug tsi tu hab cua hliv ua tsua qoob loo hlaav tsi taug tes cov neeg zej zog ca le tsiv moog taag lawm ob peb yim

Nam Vaam Huas tseem tsi tau muaj zug aub nraa tsiv tes Vaam Huas ob tug maam le lawv qaab moog raws cov kwv tij tom qaab Nam Vaam Huas puv hli

Vaam Huas tug ntxhais yug lug tsi tau muaj pes tsawg nub, cua txawm siv hliv hab naag lug tsi tu ua tsua qoob loo hlaav tsi taug yub tes cov neeg zej zog ca le tsiv moog taag lawm zuj zug

Nam Vaam Huas nyam qhuav lug su es tseem tsi tau muaj zug tes Vaam Huas ob tug maam le lawv qaab moog raws cov kwv tij lwm nub

Cov kwv tij ua ntej moog pum lub paag dej ci es txawm xaa xuv moog qha tsua Vaam Huas paub tas dej naag taabtom nyaab ua tsua lub paag dej daav tshaaj thaum i

Cov kwv tij ua ntej moog pum lub paag dej ntsu ntsuab xav lug es txawm xaa xuv moog qha tsua Vaam Huas paub tas dej naag taabtom nyaab ua tsua lub paag dej tub tshaaj thaum u

Thaum Nam Vaam Huas puv hli, cov neeg zej zog twb tseg vaaj tse nyob qhaa nrig es tsuas tshuav Num Yeeb hab Num Yeeb cov kwv tij

Num Yeeb hab Nam Num Yeeb txawm sawb sim es nrug Vaam Huas ob nam txiv ua ntej moog txug tom yawm zaaj laug lub paag dej ci

Vaam Huas tug txiv neeg ca le hee tes dha thaub qaab moog ua zoj ua zig ua tsua Nam Vaam Huas tug miv ntxhais aub ntawm xub dlag ca le tsim

Thaum Nam Vaam Huas muaj zug, cov neeg zej zog twb tseg vaaj tse nyob ntsag tu es tsuas tshuav Num Yeeb hab Num Yeeb cov kwv tij tseem npaaj tsaj txhu

Num Yeeb ob nam txiv tsi yug ib tug tsaj tu tes ob tug txawm nrug Vaam Huas ob nam txiv ua ntej moog txug tom yawm zaaj luag lub paag dej ntsu uas tub

Vaam Huas tug txiv neeg ca le hee tes dha thaub qaab moog taag zug ua tsua Nam Vaam Huas tug ntxhais aub ntawm xub dlag ca le tsim lug

Vaam Huas hab Num Yeeb ob khub nam txiv saib cov nplooj xyoob nplooj ntoos ntaab tom plawv dej ca le ncig ceev zuj zug cuag le daabtsi muab cov dej kiv

Nam Vaam Huas ntsa nkaus tug txiv neeg caab ntawm

txuj hlua khi es nrug Num Yeeb ob nam txiv sis tw dha
tsiv huas Vaam Huas tseem dha moog ntsab nwg tug txiv
nyuj uas dim
Yawm zaaj laug tawm tuaj tsi ntsib nraug zaaj daaj tug
plig tes nwg ua luam dej moog tsoo ua tsua qhov aav
Vaam Huas taabtom sawv pob kag ib puag ncig es nqug
tau Vaam Huas hab Vaam Huas tug txiv nyuj poob moog
tsua huv lub paag dej ua ib txhij

Vaam Huas hab Num Yeeb ob khub nam txiv saib cov
nplooj xyoob nplooj ntoos ntaab tom plawv dej ca le maag
nqug moog tsua huv haav dej cuag le dej ntaus yig ceev
zuj-zug
Nam Vaam Huas hab Num Yeeb ob tug ca le dha tsiv moog
huas Vaam Huas tseem dha moog caab nwg tug txiv nyuj
Yawm zaaj laug tawm tuaj tsi ntsib nraug zaaj daaj tug
ntsuj tes nwg ca le ua luam dej moog tsoo ua tsua qhov
aav Vaam Huas tsuj tu es nqug kag Vaam Huas hab Vaam
Huas tug txiv nyuj poob ua ke moog tsua huv lub paag dej
ntsu

Nam Vaam Huas txu loo nwg lub naab uas muaj nyaj npib
es dha rov qaab moog quaj hu tes tug miv-nyuas ca le quaj
cuag daabtsi
Nam Num Yeeb txawm dha moog has tsua Nam Vaam

Huas tas, "Ntshai tsaam tug miv-nyuas ho poob plig tes ca Num Yeeb ib coj tug miv-nyuas ua ntej moog nyob tog meb peg lub roob uas muaj zib"

Yawm zaaj laug pum tug miv-nyuas ib muag ti-ti ua ntej Nam Num Yeeb coj tug miv-nyuas tsiv tes yawm zaaj laug maam tso Vaam Huas hab Vaam Huas tug txiv nyuj ua luam dej moog tsua nraag qhov uas dej tug miv ntsiv

Nam Vaam Huas txu loo nwg lub kawm uas muaj taig dav ob peb lub es dha rov qaab moog quaj hu tes tug miv-nyuas ca le quaj nrov zuj zug

Nam Num Yeeb txawm has tsua Nam Vaam Huas tas, "Ntshai tsaam tug miv-nyuas ho poob plig tes ca Num Yeeb ib coj tug miv-nyuas ua ntej moog nyob tog meb peg lub roob uas muaj muv"

Tug miv-nyuas qheb qhov muag saib ntsoov yawm zaaj laug ob lub qhov muag dub ua ntej Nam Num Yeeb yuav puag tug miv-nyuas moog tes yawm zaaj laug maam tso Vaam Huas hab Vaam Huas tug txiv nyuj ua luam dej moog tsua tim ntug

Nam Vaam Huas paab nqug tau Vaam Huas tawm es lawv qaab moog txug peg lub roob uas muaj zib tseem tsi tau lig

Num Yeeb ob tug twb nyag coj tug miv-nyuas hab Nam

Vaam Huas lub naab uas muaj nyaj npib tsiv moog taag
lawm tuab si

Vaam Huas ob tug dha lawv qaab moog nrhav ib chim es
quaj hu thov puj koob yawm txwv los caum tsi cuag Num
Yeeb ob nam txiv

Vaam Huas ob tug chim-chim es moog raws tau cov kwv
tij los tsi muaj sab moog ua daabtsi

Cov kwv tij neej-tsaa tuaj ua ib pluag mov khi teg taag los
ob tug lub sab nyob tsi txhij es nim ua neej nyob tsaus
ntuj nti

Nam Vaam Huas paab nqug tau Vaam Huas tawm lug es
lawv qaab moog txug peg lub roob uas muaj muv tseem
ntxuv ntxuv taabsis Num Yeeb ob nam txiv twb nyag coj
tug ntxhais hab cov taig dav ob peb lub nyob huv Nam
Vaam Huas lub kawm tsiv moog taag lawm tsi pum

Vaam Huas ob nam txiv dha moog nrhav ib taav su es quaj
hu thov ntuj los caum tsi cuag Num Yeeb ob tug

Vaam Huas hab nwg tug quas puj lub sab ntxhuv es moog
raws tau cov kwv tij los tsi muaj sab moog tu qoob tu loo
kuam luj hlub

Cov kwv tij neej-tsaa tuaj ua ib pluag mov khi teg taag los
ob tug lub sab tsi suv

Nim ua neej nyob tsaus tsaus ntuj es muab tug ntxhais ua
nub ua mo ncu tsi pluj

Txij le nub Num Yeeb ob nam txiv sib yuav, Nam Num Yeeb xeeb tub tau los plaab miv-nyuas nchuav ua tsua ob tug ntshaw ntshaw miv-nyuas

Ob tug coj Vaam Huas tug ntxhais moog nyob ob peb xyoos xyaw suav tes ob tug txawm moog has qha tsua ob tug cov kwv tij paub tas tug miv-nyuas nrug ob tug nyob yog ob tug tshwm nyaj moog yuav

Txij le nub Num Yeeb ob nam txiv sib sau, Nam Num Yeeb xeeb tub tau los plaab miv-nyuas pob ua tsua ob tug ntshaw nrug luag tej muaj miv-nyuas ntau

Ob tug coj Vaam Huas tug ntxhais moog nyob ob peb xyoos xyaw maab daum tes ob tug txawm moog has qha tsua ob tug cov kwv tij paub tas tug miv-nyuas nrug ob tug nyob yog ob tug tshwm nyaj moog ntaus

Txij le thaum ob tug coj Vaam Huas tug ntxhais moog nrug ob tug nyob, Nam Num Yeeb txawm muab tug ntxhais tis npe hu ua Nkauj Nog taabsis nwg tsi qha tsua Nkauj Nog paub tas nwg tsi yog tug yug Nkauj Nog

Tom qaab hov, Nam Num Yeeb muaj miv-nyuas los tug miv-nyuas tsi pob es nim yug tau ob tug tub hab ib tug ntxhais uas puav leej muaj txuj sa nyob

Txij le thaum ob tug coj Vaam Huas tug ntxhais moog ua ob tug tug ntxhais hlub, Nam Num Yeeb yeej tsi qha tsua Nkauj Nog paub tas Nkauj Nog yog tug ntxhais nwg nyag coj lug tu

Tom qaab hov lug moog tes Nam Num Yeeb xeeb tub los tug miv-nyuas luj hlub es nim yug tau ib tug ntxhais hab ob tug tub uas puav leej muaj txuj sa nyob txhua tug

Num Yeeb coj nwg tsev neeg moog nrug nwg cov kwv tij nyob tom Moob zog los Vaam Huas ib co kwv tij kuj nyob tov

Vaam Huas cov kwv tij twb paub taag tas ob tug nyag Vaam Huas tug ntxhais thaum tug miv-nyuas tseem mog mog tes Num Yeeb ntshai heev tsaam Vaam Huas cov kwv tij ho tuaj pum Nkauj Nog

Nwg ca le coj nwg paab nam tub tsiv moog tsua peg toj sab uas tsi muaj Moob coob nyob

Num Yeeb coj nwg tsev neeg moog nrug nwg cov kwv tij nyob tom Moob zog tau ob nub los kuj muaj Vaam Huas cov neej-tsaa ob peb tug

Vaam Huas cov neej-tsaa twb paub taag tas Num Yeeb ob tug nyag coj Vaam Huas tug ntxhais hlub moog ua ob tug tug

Num Yeeb ntshai heev tsaam Vaam Huas cov neej-tsaa ho tuaj nug txug Vaam Huas tug ntxhais hlub tes nwg ca le coj nwg paab nam tub tsiv moog nyob peg toj sab uas tuab neeg tuaj tsi tshua txug

Leej twg tuaj pum los xaav yuav Nkauj Nog daim ntaub kub ci hob tes Nam Num Yeeb txawm muab daim ntaub txav ua tej kaaj coj moog muag noj taabsis cov yuav tau coj moog khaws ca tsi ntev xwb tes daim ntaub ca le nphob Tshuav ib kaaj ntaub ci hob npaum caag los tsi muaj leej twg kaam yuav es nwg txhaj le tseem nyob

Leej twg tuaj pum los xaav yuav Nkauj Nog daim ntaub kub
Nam Num Yeeb txawm muab daim ntaub txav ua tej kaaj coj moog muag lug yug nwg tsev neeg thaum cov miv-nyuav tseem yau-yau ob peb tug taabsis cov yuav tau coj moog khaws ca tsi ntev xwb tes daim ntaub kub ca le qub Tshuav ib kaaj ntaub kub tsi muaj leej twg kaam yuav es nwg txhaj le tseem nyob saab sau npug Nam Num Yeeb cov nyaj npib hab nyaj hob huv lub hub

Tshooj 4

Ntuj tsi tau pum kev, Nkauj Nog twb sawv ntawm npoo lev moog yawm tau ib dav ntsev es muab qhwv tsua huv daim nplooj ntse tes Nam Num Yeeb txawm sawv moog tshev tas ua caag Nkauj Nog nim yuav hu-hu loj ne es nim yuav ntim tsheej pob ntsev coj moog noj kuam puv Nkauj Nog ib leeg lub cev

Ntuj tsi tau kaaj, Nkauj Nog twb sawv ntawm npoo txaaj moog yawm tau ob peb taus ntsab tso tsua huv ib lub naab tes Nam Num Yeeb txawm sawv moog tshev tas ua caag Nkauj Nog nim yuav hu-hu daab es nim ntim ntsab tsheej naab coj moog noj kuam puv Nkauj Nog ib leeg lub plaab

Nkauj Nog xaav los tu sab es txawm muab pob ntsev tso tseg tes nwg moog khaws nkaus lub kawm aub hab raab txuas nqaa tawm tuab tug nqhes-nqhes taug kev nqeg lub roob tuaj moog tsua nraag puab daim teb nplej

Nkauj Nog xaav los chim sab es txawm muab lub naab ntsab ca taag tes nwg moog khaws nkaus lub kawm aub hab raab txuas nqaa tawm tuab tug tshaib-tshaib plaab taug kev nqeg lub roob tuaj moog tsua nraag puab daim teb faab

Nqaa ntau hab tsawg los leej nam yeej ib txwm muab
Nkauj Nog tshev
Tug nug has los yuav nrug leej nam sib tshe tes tug nug
ca le sawv twj ywm moog muab Nkauj Nog pob ntsev
tso tsua huv nwg lub naab es nqaa moog tsua puab suav
dawg noj nraag teb

Muaj ntau hab tsawg los leej nam yeej ib txwm tshev
kuam Nkauj Nog xob nqaa
Tug nam hluas has los yuav nrug leej nam sib caav tes tug
nam hluas ca le sawv twj ywm moog muab Nkauj Nog lub
naab ntim ntsab tso tsua huv nwg lub kawm aub moog ua
tsua puab suav dawg noj ib tsaam

Txiv tooj teg tub ntaus ntseg xaav tas nwg twb sawv ntxuv-
ntxuv tuaj ua ntej Moob
Ua caag tseem muaj ib tug ntxhais Moob sawv ntxuv
tshaaj nwg es twb tuaj hlaa dej moog ntxuav muag saab
tiv ntawm ntug dej tshoob
Txiv tooj teg tub ntaus ntseg ca le tsiv moog nyob nkaum
tom qaab cov hauv paug xyoob es saib ntsoov leej twg tug
ntxhais ib muag kuam zoo zoo

Txiv tooj teg tub ntaus ntseg xaav tas nwg twb sawv ntxuv-

ntxuv tuaj ua Moob ntej

Ua caag tseem muaj ib tug ntxhais Moob sawv ntxuv tshaaj nwg es twb hlaa dej moog ntxuav muag saab tiv ntawm ntug pob zeb

Txiv tooj teg tub ntaus ntseg ca le moog tsiv nraim tom qaab cov hauv paug xyoob ntev es saib ntsoov leej twg tug ntxhais ua caag yuav zoo nkauj ua luaj le nev

Nkauj Nog tsaa taub hau saib dej nim sua cov nplooj xyoob nplooj ntoos zeeg saab tiv nrug dej dwg moog ua tsua Nkauj Nog xaav nrug dej dwg dlo poob los tseem tshuav nwg paab muag nug tog-tog nwg rov moog nyob puab lub tsev peg haav zoov

Nkauj Nog tsaa taub hau saib dej nim sua cov nplooj xyoob nplooj ntoos saab tiv nrug dej dwg moog lawm ua ib ke ua tsua Nkauj Nog xaav nrug hlo dej dwg moog seb nwg lub sab puas yuav nqeg los tshuav nwg paab muag nug tseem tog-tog nwg rov moog tsev

Nkauj Nog nyob quas zwb ua tsua nwg daim tab qaab qwj nthuav tes nwg txawm cev teg moog cug dej lug ntxuav muag es ua zoo zaam kuam nwg cev khaub duag xob ntub dej quas ntsuav

Nkauj Nog nyob quas zwb sau lub pob zeb ua tsua nwg tug taw tab yuav laug chwv sau npoo dej tes nwg txawm cev teg moog cug dej lug ntxuav muag es ua zoo zaam kuam dej xob ntub nwg daim sev

Nkauj Nog muab txuj phuam ntsuab khi sau nwg lub pob thooj daws ua tsua nwg cov plaub hau poob ntxhee yeeg sua nyob txij duav
Nkauj Nog siv ntiv teg ntsis nwg cov plaub hau tsuag-tsuag tes nwg muab txuj phuam paav nwg cov plaub hau ua ib lub pob thooj dua
Nkauj Nog so kua muag tes txiv tooj teg tub ntaus ntseg txawm tawm tom qaab cov hauv paug xyoob tuaj tas, "Leej muam"

Nkauj Nog muab txuj phuam ntsuab uas muaj paaj lab khi sau nwg lub pob thooj daws ua tsua nwg cov plaub hau poob ntxhee yeeg sua nyob txij nwg lub duav tab
Nkauj Nog siv ntiv teg ntsis nwg cov plaub hau moog tsua ntawm xub dlag tes nwg muab txuj phuam paav nwg cov plaub hau kag-kag ua ib lub pob thooj tshab
Nkauj Nog so nwg lub kua muag ab tes txiv tooj teg tub ntaus ntseg txawm tawm tom qaab cov hauv paug xyoob tuaj tas, "Leej muam, muaj daabtsi ua tsua koj tu sab"

Nkauj Nog tig hlo moog saib txiv tooj teg tub ntaus ntseg
ib muag

Txiv tooj teg tub ntaus ntseg yog ib tug neeg sab ntshuas
hab has lug kheev luag los Nkauj Nog cim tsi tau nwg lub
ntsej muag

Nkauj Nog ca le sawv tseeg moog khaws lub kawm hab
raab txuas es dha tsiv moog tsaam nwg ho yog tuab neeg
phem le Nkauj Nog nam hab txiv ib txwm ntuag

Nkauj Nog tig hlo moog saib txiv tooj teg tub ntaus ntseg
ib zag ntxiv hab

Txiv tooj teg tub ntaus ntseg yog ib tug neeg cev yag txag,
caaj ntswg sab, hab zoo nraug ntxag los Nkauj Nog tsi
ntseeg nwg sab

Nkauj Nog ca le sawv tseeg moog khaws lub kawm hab
raab txuas nqaa dha tsiv moog tsaam nwg ho yog tuab
neeg phem le Nkauj Nog nam hab txiv ib txwm qhuab qha

Txiv tooj teg tub ntaus ntseg moog nrug leej nam leej txiv
ua teb ib nub los nthua tsi tsheej teb du es thaam txug
xyov yog leej twg tug ntxhais ib taav su

Nwg txiv txawm has txhawb nwg lub zug tas, "tsi paub tug
tswv teb saab dej tim u taabsis yuav tsum yog ib tug kwv
tij nyob huv peb lub zog xwb mas tub"

Yaav yuav tsaus ntuj, txiv tooj teg tub ntaus ntseg txawm

ua ntej moog nyob tom kev tog los tsi pum Nkauj Nog tsev
neeg lug tes nwg maam ua ib sab moog tsev los nwg pw
tsi tuaj ib tug daab dlub

Txiv tooj teg tub ntaus ntseg moog nrug leej nam leej txiv
ua teb ib nub nkaus es thaam txug ib tug hluas nkauj uas
nwg tsi paub tes nwg nam txawm has txaus nwg lub sab
kawg nkaus tas, "Yog koj nyam nwg npaum le ko tes moog
thaam kuam meb sib paub es koj txiv ib maam moog paab
has tsua koj kuam tau"
Ntuj pib tsaus tes txiv tooj teg tub ntaus ntseg ua ntej
moog nyob tom kev xauj los ntshe Nkauj Nog tsev neeg
twb lug dhau tes nwg maam ua ib sab moog tsev los moog
pw tsi tsaug

Txiv tooj teg tub ntaus ntseg naj taag kig sawv ntxuv npaum caag moog nyob tom kev tog los tsi ntsib

Nwg moog txug nraag tug kwj deg na Nkauj Nog twb sawv tim puab daim teb nplej nrug Nkauj Nog nam hab txiv

Tsuav tau pum Nkauj Nog ib ntsiv tes txiv tooj teg tub ntaus ntseg twb zoo sab rov moog nrug nwg nam hab nwg txiv ua teb ib chim

Txiv tooj teg tub ntaus ntseg leej txiv txawm has tsua nwg tas, "Kuv tau thaam nrug ib tug kwv tij mas nwg has tas tug ntxhais naag mo koj ntsib lub tsev nyob saab dej saab tiv"

Txiv tooj teg tub ntaus ntseg naj taag kig sawv ntxuv npaum caag moog nyob tom kev tog los tsi pum Nkauj Nog tuaj

Nwg moog txug nraag haav xyoob txhawv ntsuag na Nkauj Nog twb sawv tim puab daim teb nplej nrug Nkauj Nog tug nam hluas

Tsuav tau pum Nkauj Nog ib muag tes txiv tooj teg tub ntaus ntseg twb zoo sab rov qaab moog nrug nwg nam hab nwg txiv ua teb ib nub tsaus ntuj quas zuag

Txiv tooj teg tub ntaus ntseg leej txiv txawm has tsua nwg tas, "Ib tug kwv tij has tas tug ntxhais naag mo koj qhua-qhua luv tsev nyob saab tiv es puab maam nqeg sau roob lug ua teb ntawm hov txhaj le tsi no hab tsaus fuab"

Mo hov txiv tooj teg tub ntaus ntseg ob tug npawg txawm
ua nwg luag moog thaam Nkauj Nog peg Nkauj Nog lub
tsev los Nkauj Nog ntshai tes nwg twb tsi xaav nrug txiv
tooj teg tub ntaus ntseg thaam pem
Thaam ib plag na cav yog tug txiv neej Nkauj Nog ntsib
nraag tug kwj deg tes Nkauj Nog thaam ob peb lus kuam
tug nug xob tu sab es has kuam nwg moog tsev tsaam
Nkauj Nog nam hab txiv ho sawv moog muab nwg tshev

Mo hov txiv tooj teg tub ntaus ntseg ob tug npawg txawm
ua nwg luag moog thaam Nkauj Nog peg Nkauj Nog lub
zog los Nkauj Nog ntshai tes nwg twb tsi xaav nrug txiv
tooj teg tub ntaus ntseg thaam hlo
Thaam ib plag na cav yog tug txiv neej Nkauj Nog ntsib
nraag tug kwj deg ob peb nub dhau lug hov tes Nkauj Nog
thaam ob peb lus kuam tug nug xob tu sab es has kuam
nwg maam rov tuaj dua lwm mo tsaam Nkauj Noj nam
hab txiv ho sawv moog muab nwg yos

Ntuj nyam qhuav pum kev, Nkauj Nog ca le aub nwg lub
kawm tawm moog txug nraag teb na txiv tooj teg tub
ntaus ntseg twb tuaj sawv nraag tug dej
Txiv tooj teg tub ntaus ntseg nqaa ob tug ntseg moog cev

tsua nwg es nug paub nwg lub npe tes txiv tooj teg tub
ntaus ntseg muaj sab hlo rov moog khaws lis nkaus tug ku
hlau sawv nthua nplej

Ntuj tseem tsaus fuab hab no no, Nkauj Nog ca le aub nwg
lub kawm tawm yuav moog nthua dog na txiv tooj teg tub
ntaus ntseg twb tuaj sawv nraag tug dej tog
Txiv tooj teg tub ntaus ntseg nqaa ob tug ntseg moog tsua
nwg es nug paub tas nwg lub npe hu ua Nkauj Nog tes txiv
tooj teg tub ntaus ntseg muaj sab hlo rov moog khaws lis
nkaus tug ku hlau sawv nthua nroj

Tshooj 6

Txiv tooj teg tub ntaus ntseg pheej moog thaam Nkauj
Nog tes muaj ib mos nwg txawm nov leej nam muab Nkauj
Nog laij tawm tsev vim leej nam nov tas Nkauj Nog thaam
tau Moob lawm os

Txiv tooj teg tub ntaus ntseg xaav coj Nkauj Nog nrug
nwg moog tsev taamsim hov los Nkauj Nog nim thov-thov
kuam ca Nkauj Nog nrug puab nyob es Nkauj Nog maam
le muab nwg tso ua tsua nwg mob sab heev los nwg tsi
rov

Txiv tooj teg tub ntaus ntseg pheej moog thaam Nkauj
Nog yaav tsaus ntuj tes nwg txawm moog pum leej nam
tsi pub Nkauj Nog moog huv tsev vim leej nam paub tas
muaj Moob pheej tuaj nrug Nkauj Nog has lug

Txiv tooj teg tub ntaus ntseg xaav coj kag Nkauj Nog moog
ua nwg tug quas puj los Nkauj Nog nim thov-thov kuam
ca Nkauj Nog nrug puab nyob es Nkauj Nog maam le tu
lug tsua nwg ua tsua nwg lub sab ntxhuv

Txiv tooj teg tub ntaus ntseg nyob pheeb ntawm Nkauj
Nog saab phaab ntsaa tsev ib mos es nov Nkauj Nog sawv
tes nwg maam ua ntej moog nyob nraag kev tog los tseem
nov leej nam tshev kuam Nkauj Nog xob ntim mov es

moog khawb qos noj

Txiv tooj teg tub ntaus ntseg nyob pheeb ntawm Nkauj
Nog saab phaab ntsaa tsev ib mos kaaj ntug es nov Nkauj
Nog sawv tes nwg maam ua ntej moog nyob nraag kev tog
Nkauj Nog lug los tseem nov leej nam tshev kuam Nkauj
Nog xob ntim cov ntseg cub es moog ci qos noj sus

Nkauj Nog khwv npaum caag los nwg nam hab nwg txiv
tseem muab puab cov ntsab pauv tau Moob ib txuj saw
txhuas tsua nwg tug nam hluas es ob tug nim yuav noj ua
tug dub dub muag cuag le Nkauj Nog yog ntxhais ntsuag

Nkauj Nog khwv npaum caag los nwg nam hab nwg txiv
tseem muab puab cov ntsab pauv tau Moob ob txuj saw
nyaj tsua ob tug khaws ca es ob tug nim yuav noj ua ntsej
muag dub ncab cuag le Nkauj Nog tsi yog ob tug yug tag-
tag

Nkauj Nog muaj lub ntsej muag luag thaum nwg pum txiv
tooj teg tub ntaus ntseg los txiv tooj teg tub ntaus ntseg
twb nov taag nwg lub suab quaj
Txiv tooj teg tub ntaus ntseg txais Nkauj Nog lub kawm
moog aub tas, "Kuv xaav tuaj thov yuav koj os leej muam"
Nkauj Nog tsi xaav quaj los lug kua muag tas, "Kuv xaav

tas nam hab txiv ob tug yuav tsi ua nyuab es yog koj hlub
kuv npaum le koj tau has tes koj maam le tuaj"

Nkauj Nog luag ntxhi ib plag thaum nwg pum txiv tooj teg
tub ntaus ntseg los txiv tooj teg tub ntaus ntseg twb paub
has tas nwg chim-chim sab
Txiv tooj teg tub ntaus ntseg txais Nkauj Nog lub kawm
moog aub tas, "Leej muam, kuv xaav tuaj thov yuav koj es
koj puas txaus sab yuav kuv hab nab"
Nkauj Nog tsi xaav quaj los teev tsi tau nwg lub kua muag
dlav tas, "Kuv xaav tas nam hab txiv yuav tsi ua nyuab hab
es yog koj hlub kuv tag tes koj maam le nqeg tsev tuaj
thov txiv hab thov nam"

Txiv tooj teg tub ntaus ntseg hab Nkauj Nog txawm yuav
cog lug ruaj los Nkauj Nog nam hab txiv xaav tau nyaj
ntawv luam
Txiv tooj teg tub ntaus ntseg twb muaj tsi txhua tes ob tug
nim tib tas txiv tooj teg tub ntaus ntseg pluag pluag

Txiv tooj teg tub ntaus ntseg hab Nkauj Nog txawm yuav
cog lug khov los Nkauj Nog nam hab txiv xaav tau nyaj
choj
Txiv tooj teg tub ntaus ntseg twb muaj tsi txaus le qhov
nam hab txiv thov tes ob tug nim tib tas txiv tooj teg tub

ntaus ntseg txom nyem ua luaj le hov

Txiv tooj teg tub ntaus ntseg puab rov qaab moog tes Nam
Num Yeeb daag Nkauj Nog tas, "Yog nwg nqaa tau ib hub
nyaj ntawv tuaj roog tau peb ntsej muag tes koj txiv ib
maam le ca meb sib yuav"
Qhov tseeb yog Nam Num Yeeb xaav tau Nkauj Nog moog
khwv lug yug Num Yeeb ob tug hab ob tug cov miv-nyuas
es txug naj nub nua nwg txhaj le tsi kaam Nkauj Nog tsua
leej twg yuav

Txiv tooj teg tub ntaus ntseg puab rov qaab moog tes Nam
Num Yeeb daag Nkauj Nog tas, "Yog nwg nqaa tau kaum
choj nyag tuaj them nqe mig nqe no tes koj txiv ib maam
le ca meb sib sau mog"
Qhov tseeb yog Nam Num Yeeb xaav tau Nkauj Nog moog
khwv lug tsua ob tug hab ob tug cov miv-nyuas noj tes
txij le nub hov moog nwg yuav tsi pub Moob tuaj thaam
Nkauj Nog

Txiv tooj teg tub ntaus ntseg tsi tau yuav los nwg tseem tso tsi tau tseg es pheej moog sawv ntawm ntug dej saib moog tsua tim Nkauj Nog puab daim teb
Nkauj Nog tsev neeg nim naj nub tuaj nrug Nkauj Nog ua teb ua tsua nwg tsi muaj peev xwm moog ze los nwg lub sab yeej xaav ntsoov tas nwg yuav ua le caag es txhaj le yuav tau Nkauj Nog lug ua nwg sev

Txiv tooj teg tub ntaus ntseg tsi tau yuav los nwg tseem ncu-ncu es pheej moog sawv ntawm ntug dej saib moog tsua tim Nkauj Nog puab daim teb txhua-txhua nub
Nkauj Nog tsev neeg nim tuaj ua teb taag zug ua tsua nwg tsi muaj peev xwm moog nrug Nkauj Nog has lug los nwg lub sab yeej xaav quas ntsoov tas nwg yuav ua le caag es txhaj le yuav tau Nkauj Nog lug ua nwg tug

Txiv tooj teg tub ntaus ntseg tseem pheej moog thaam Nkauj Nog peg tsev ua tsua Nam Num Yeeb haj yam tshev tes muaj ib mos Nkauj Nog txawm has tsua nwg tas Nkauj Nog twb thaam tau Moob nyob nraag nroog tug tub ntse
Txiv tooj teg tub ntaus ntseg tu sab nrho tas, "Nkauj Nog aw, yog koj ntxuv has le ko ua ntej tes twb tu kuv lub sab lug lawm ntev es ntshe nub nua kuv twb tso tau koj tseg"

Txiv tooj teg tub ntaus ntseg tseem pheej moog thaam
Nkauj Nog yaav tsaus ntuj ua tsua Nam Num Yeeb haj yam
ntxub tes muaj ib mos Nkauj Nog txawm has tsua nwg tas
Nkauj Nog twb thaam tau Moob nyob nraag nroog tug tub
nplua nuj

Txiv tooj teg tub ntaus ntseg tu sab nrho tas, "Nkauj Nog
aw, yog koj xub-xub has le ko tsua kuv tes kuv twb tsi naj
nub naj mo tog koj txuj kev hlub es ntshe kuv twb tso tau
koj tseg ntxuv thaum u"

Nkauj Nog tig hlo moog saib ntawm qhov tsev es tsi tau
teb tes twb nov txiv tooj teg tub ntaus ntseg rhu taw rhuj
rhuav moog deb zuj zug tsua nraag txuj kev

Nkauj Nog cev teg moog kov qhov chaw doog dub ntawm
nwg saab ceg es so nwg lub kua muag kuam xob dwg
poob moog ntub daim lev

Nkauj Nog tsi tau teb ib lu lug tes twb nov txiv tooj teg tub
ntaus ntseg rhu taw rhuj rhuav moog deb lawm zuj-zug

Nkauj Nog cev teg moog kov nwg saab npaab ntawm qhov
chaw uas doog dub es so kag lub kua muag dwg ntawm
nwg saab plhu

Txiv tooj teg tub ntaus ntseg tsi paub xwb tas nwg tuaj

txug thaum twg tes Nkauj Nog raug ntaus pes tsawg qws Nkauj Nog txawm yuav ncu txiv tooj teg tub ntaus ntseg npaum twg los Nkauj Nog nyoo swb tsuav Nkauj Nog cev nqaj daim tawv nrauj ncua leej nam leej txiv tug qws tsi chwb

Txiv tooj teg tub ntaus ntseg tsi paub le os tas nwg tuaj txug pes tsawg mo tes Nkauj Nog raug ntaus pes tsawg qws mob
Nkauj Nog txawm yuav ncu txiv tooj teg tub ntaus ntseg taag npaum le hov los Nkauj Nog nyoo hlo tsuav Nkauj Nog cev nqaj daim tawv nrauj ncua leej nam leej txiv tug qws tsi kov

Tshooj 8

Tau ntev lawm txiv tooj teg tub ntaus ntseg tsi tau moog
cuag taabsis nwg tug phoojywg moog thaam tau Nkauj
Nog tug nam hluas tes nwg xaav moog saib seb puas ntsib
tug Moob uas Nkauj Nog nim qhuas-qhuas
Txawm txiv tooj teg tub ntaus ntseg tsi tau thaam los
tsuav nwg tau nov Nkauj Nog lub suab

Tau ntev lawm txiv tooj teg tub ntaus ntseg tsi tau moog
pum taabsis nwg tug phoojywg moog thaam Nkauj Nog
tug nam hluas tau ib ntus tes nwg xaav moog saib seb
puas ntsib tug Moob uas Nkauj Nog nim hlub-hlub
Txawm txiv tooj teg tub ntaus ntseg tsi tau nrug Nkauj
Nog has lug los tsuav nwg paub qhov tseeb tas Nkauj Nog
muaj tug

Mo twg los tsi pum Nkauj Nog tug Moob tuaj txug tes
txiv tooj teg tub ntaus ntseg pheej moog sawv saab nrau
ntawm Nkauj Nog lub txaaj zuv seb Nkauj Nog puas paub
tas nwg tseem ncu-ncu

Mo twg los tsi pum Nkauj Nog tug Moob tshwm ntsej
muag tes txiv tooj teg tub ntaus ntseg pheej moog pheeb
saab phaab ntsaa ntawm Nkauj Nog lub txaaj es muab

nwg txhais teg npuab seb Nkauj Nog puas paub tas yog
nwg tuaj

Muaj ib mos, thaum ob tug rov qaab moog tsev, tug
phoojywg txawm thaam daabtsi ua tsua txiv tooj teg tub
ntaus ntseg luag tes Nkauj Nog quaj dua thaum nwg nov
dheev txiv tooj teg tub ntaus ntseg lub suab

Muaj ib mos, thaum ob tug rov qaab moog tsev, tug
phoojywg txawm thaam daabtsi ua tsua txiv tooj teg tub
ntaus ntseg luag tuaj quas rug
Nkauj Nog tsaa hlo teg moog npuab ntawm qhov phaab
ntsaa nyob ncaaj ntawm nwg saab plhu thaum nwg nov
dheev txiv tooj teg tub ntaus ntseg has lug

Mo tom qaab hov, txiv tooj teg tub ntaus ntseg tug
phoojywg txawm nug Nkauj Nog tug nam hluas tas, "Leej
muam, koj nam hab koj txiv puas yuav kaam kuv yuav ob
tug tug ntxhais ntxawm?"
Tug nam hluas teb tas, "Koj xob rawm tuaj nawb vim kuv
nam hab kuv txiv tseem npau tawg kawg txug thaum kuv
tug nam laug xaav moog yuav quas yawg"

Mo tom qaab hov, txiv tooj teg tub ntaus ntseg tug
phoojywg txawm nug Nkauj Nog tug nam hluas tas, "Leej

muam, koj nam hab koj txiv puas yuav kaam kuv yuav ob tug tug ntxhais nev yom?"

Tug nam hluas teb tas, "Koj xob rawm tuaj mog vim kuv nam hab kuv txiv tseem chim-chim sab os txug thaum Moob tuaj thov yuav kuv tug nam laug Nkauj Nog"

Txiv tooj teg tub ntaus ntseg has nwg tug phoojywg nug ib lus ntxiv kuam txiv tooj teg tub ntaus ntseg paub qhov tseeb tsawv tas, "Puas yog koj nam hab koj txiv tsi nyam tug tub hluas hov es koj tug nam laug ob tug txhaj le tsi tau sib yuav lawm?"

Tug nam hluas teb tas, "Tsi muaj tseeb le ntawd, leej twg los kuv nam hab kuv txiv ob tug tsi xyeej, tsuav yog ob tug sau nqe tshoob tau kaum choj nyaj nrug tsua ib hub nyaj ntawv vim ob tug xaav kuam peb lub neej nce moog ib taws"

Tug phoojywg txawm nug tas, "Leej muam, kuv los nyaj txag kuj tsi txawm peem es kuv puas yuav muaj moo tau koj lug ua kuv tug txij nkawm?"

Tug nam hluas has txhawb nwg zug tas, "Kuv nam hab kuv txiv tsuas ua nyuab vim Nkauj Nog yog tug hlub ntawm peb suav dawg

Tog tug Moob nyob nraag nroog tuaj yuav kuv tug nam laug tes koj maam le tuaj nawb"

Txiv tooj teg tub ntaus ntseg nov taag lawm tes nwg paub
tas yog Nkauj Nog qha tug nam hluas teb raws le Nkauj
Nog txuj kev txhawj

Txiv tooj teg tub ntaus ntseg has nwg tug phoojywg nug
ib lu ntxiv kuam txiv tooj teg tub ntaus ntseg paub qhov
tseeb tso tas, "Koj tug nam laug muaj Moob lawm lov?"
Tug nam hluas teb tas, "Nkauj Nog yeej tsi kaam thaam
leej twg le os vim nwg tseem tog seb nwg tug Moob puas
yuav rov qaab tuaj coj nwg moog nrug nwg tug Moob
nyob"
Txiv tooj teg tub ntaus ntseg noog taag nrho tes nwg paub
tas yog Nkauj Nog qha tug nam hluas pav raws le Nkauj
Nog txuj kev ncu tsua nwg nov

Txiv tooj teg tub ntaus ntseg rov hlo moog saab laaj nrug
nwg nam hab nwg txiv tas nwg xaav moog khwv kuam
muaj nyaj nrug luag siv es puab tsev neeg txhaj le nrug
luag sawv sib txig

Txiv tooj teg tub ntaus ntseg rov hlo moog saab laaj nrug
nwg txiv hab nwg nam tas nwg xaav moog khwv kuam
muaj nyaj nrug luag khaws ca es puab tsev neeg txhaj le
nrug luag sawv tsim txaj

Leej nam nim seev tas, "Ntuj os miv tub, luag tsuas caav tas ua laag ua luam tes moog ua tsua huv maab suav nroog es moog ntaus phooj ntaus ywg coob kuam tuab neeg ntshu quas nrooj tuaj yuav khoom sub kuv tub lub neej txhaj le yuav sawv nce moog ib tshooj"

Leej txiv nim seev tas, "Ntuj os miv tub, luag tsuas caav tas ua laag ua luam tes moog ua tsua huv maab sauv nroog luj es moog ntaus phooj ntaus ywg tsua txhua tug kuam tuab neeg tuaj ntshu quas nrooj tsua ntawm yug sub kuv tub lub neej txhaj le yuav sawv nplua nuj"

Chim-chim txiv tooj teg tub ntaus ntseg sab tes txiv tooj teg tub ntaus ntseg khaws nkaus leej nam leej txiv raab teev ntxwv phij puab tuaj tsua nruab duav es nim moog ua luam luj leeg tuaj tsua nruab suav seb peev nyaj txag puas yuav lug puv taag txiv tooj teg tub ntaus ntseg lub naab khuam, seb puas saws tau Nkauj Nog tsua txiv tooj teg tub ntaus ntseg yuav

Chim-chim txiv tooj teg tub ntaus ntseg sab tes txiv tooj teg tub ntaus ntseg khaws nkaus leej nam leej txiv raab teev ntxwv phij puab tuaj tsua nruab naab es nim ua luam luj leeg tuaj tsua nruab maab seb peev nyaj txag puas yuav lug puv taag txiv tooj teg tub ntaus ntseg npaab, seb puas saws tau Nkauj Nog lug ua txiv tooj teg tub ntaus ntseg nyaab

Txiv tooj teg tub ntaus ntseg caab leej nam leej txiv tug txiv nyuj moog muag nyam qhuav tau yim choj es tseem tsi tau txaus coj moog them Nkauj Nog le nqe mig nqe no Nwg txawm taug kev ob nub maam le moog txug tom lub paag dej uas nyob ze tom maab suav zog

Txiv tooj teg tub ntaus ntseg caab leej nam leej txiv tug

maum npua moog muag tau nyaj ntawv luam los ntshe
yuav tsi tau puv Nkauj Nog leej nam hab leej txiv lub hub
uas muab aav puab

Nwg txawm taug kev ob nub maam le moog txug tom lub
paag dej uas nyob ze ntawm lub zog tuab neeg caav tas
zoo ua laag luam

Txiv tooj teg tub ntaus ntseg txav tau nplooj tsawb coj
moog pua ua lub chaw nyob tes nwg txawm ua raws nraim
le leej nam leej txiv cov lug cob

Txiv tooj teg tub ntaus ntseg muab lub vaag ntseg ntaus
moog txug qhov chaw uas noog noj txiv maab txiv ntoo
poob moog ua txo na ntseg txawm tawm tuaj ua luam dej
tsheej npoj

Txiv tooj teg tub ntaus ntseg txav tau nplooj tsawb coj
moog khaum hab khi thaiv cua tes nwg txawm ua raws
nraim le leej nam leej txiv cov lug qha ua luam

Nwg muab lub vaag ntseg ntaus moog txug qhov chaw
muaj ntxhuab na ntseg txawm tawm huv qaab cov pob
zeb tuaj ua luam dej coob ua luaj

Tsaus ntuj quas zuag, txiv tooj teg tub ntaus ntseg muab
lub vaag cuab tes nwg txawm moog pw noog miv puav
nthuav tis ntxuaj es nim yaa plhuj plhawv sau lub qhov

tsua ua tsua txiv tooj teg tub ntaus ntseg lub sab lub ntsws xaav yaa yuj plawg rov moog pum Nkauj Nog ib muag

Tsaus ntuj zog, txiv tooj teg tub ntaus ntseg muab lub vaag ntseg cuab ib mos tes nwg txawm moog pw noog miv puav ntxuaj tis yaa plhuj plhawv tim toj ua tsua txiv tooj teg tub ntaus ntseg lub sab lub ntsws xaav yaa yuj plawg rov moog cuag Nkauj Nog

Pum zem zuag lub nub tawm tim npoo toj, txiv tooj teg tub ntaus ntseg sawv moog yawm tau ib kawm ntseg aub coj moog muag taag nrho tes nwg rov moog yawm tau ib kawm ntxiv los tsi txaus tuab neeg yuav hlo ua tsua nwg kub sab heev moog khwv noj

Lub nub tawm tim npoo ntuj pum kev quas zuag, txiv tooj teg tub ntaus ntseg sawv moog yawm tau ib kawm ntseg aub coj moog muag tsuag-tsuag tes nwg rov hlo moog yawm tau ib kawm ntxiv coj moog muag dua los tsi txaus cov tuab neeg yuav ua tsua nwg kub sab heev moog ua laag luam

Nkauj zaaj ntsuab nim tawm tuaj pw ntawm txiv tooj teg tub ntaus ntseg ib saab txhua-txhua mo los txiv tooj teg tub ntaus ntseg tsi paub

Txiv tooj teg tub ntaus ntseg moog khwv tau nyaj choj
txaus tes nwg ca le sua tsuj sua neev rov qaab moog tsev
lawm tsi tig rov moog xauj
Nkauj zaaj ntsuab nim tog mo dhau mo ntawm lub paag
dej tauv los txiv tooj teg tub ntaus ntseg twb tseg ob tug
lub chaw pw moog ua taag naag noog lub chaw nkaum

Nkauj zaaj ntsuab nim lawv ntseg moog nkaag tsua huv
txiv tooj teg tub ntaus ntseg lub vaag txhua-txhua nub los
txiv tooj teg tub ntaus ntseg tsi pum
Txiv tooj teg tub ntaus ntseg moog khwv nyaj txaus coj
moog yuav Nkauj Nog ua nwg tug quas puj tes nwg ca le
sua tsuj sua neev rov moog lawm tsi lug
Nkauj zaaj ntsuab nim tog nub dhau nub los txiv tooj teg
tub ntaus ntseg twb tseg taag ob tug lub chaw su tsua
nkauj zaaj ntsuab ib leeg zuv

Txiv tooj teg tub ntaus ntseg moog ua luam luj leeg tsua
txuj kev deb es peev nyaj txag lug puv taag txiv tooj teg
tub ntaus ntseg cev tes nwg txawm rov qaab moog thov
su huv Vaam Huas lub tsev
Txiv tooj teg tub ntaus ntseg has qha tsua Vaam Huas ob
nam txiv paub tas nwg yuav moog yuav Num Yeeb tug
ntxhais hlub lug ua nwg sev
Vaam Huas ob tug txawm ca le nrug txiv tooj teg tub

ntaus ntseg moog saib seb puas yog tug Num Yeeb thaum
u puab nyob ua ke

Txiv tooj teg tub ntaus ntseg moog ua luam luj leeg tsua
txuj kev daav es peev nyaj txag puv taag txiv tooj teg tub
ntaus ntseg lub naab tes nwg txawm rov qaab moog thov
pw Vaam Huas ib lub txaaj
Txiv tooj teg tub ntaus ntseg has qha tsua Vaam Huas ob
nam txiv paub tas nwg yuav moog yuav Num Yeeb tug
ntxhais hlub lug ua nwg nyaab
Vaam Huas ob tug txawm ca le nrug txiv tooj teg tub ntaus
ntseg moog saib seb puas yog tug Num Yeeb ob tug paub
yaav taag

Tshooj 10

Nkauj Nog puab cov muag nug moog txav tawg peg roob sab es txawm rov lug pum Moob leej twg taabtom kwv lub kaus vej kaus vuam tuaj

Nkauj Nog taug kev ncig quas yeev tsi xaav moog huv tsev es nim xum moog pub qab pub npua

Nkauj Nog ib tug nug txawm cog lug tas yog Nkauj Nog tsi nyam tug tub hluas tes tug nug maam le has kuam leej nam hab leej txiv tsi xob muab Nkauj Nog qua

Nkauj Nog puab cov muag nug moog txav tawg peg haav zoov es nim rov lug pum Moob leej twg taabtom kwv lub kaus vej kaus vuam tuaj txug loo

Nkauj Nog taug kev ncig quas yeev xaav nyob nrau zoov los Nkauj Nog ib tug nug nim cog lug tas yog Nkauj Nog tsi pum zoo tes tug nug maam le has kuam leej nam hab leej txiv tsi xob qua Nkauj Nog tsua Moob

Nkauj Nog puab cov muag nug nkaag moog pum peb tug txiv neej sawv thaiv lub qhov rooj saab huv tsev

Ua caag tsi yog Moob tuaj nqug rooj rau dej es nim yuav tuaj muab puab leej nam hab leej txiv nteg

Nam Vaam Huas xaav tuav nkaus Nkauj Nog txhais teg los Nkauj Nog saib nwg ib muag ze-ze es nim dha moog tsua

tom leej nam hab leej txiv uas nyag Nkauj Nog coj moog
tu hab hloov npe

Peb tug txiv neej sawv thaiv ntawm lub qhov rooj txawm
zaam kev tso Nkauj Nog puab cov muag nug nkaag moog
es maam rov muab lub qhov rooj kaw
Ua caag tsi yog Moob tuaj nqug rooj rau dej rau cawv es
nim yuav tuaj muab puab nam thiab puab txiv paav teg
paav taw
Nam Vaam Huas xaav muab Nkauj Nog khawm los Nkauj
Nog saib nwg txawv-txawv es nim dha moog tsua tom leej
nam hab leej txiv uas tau nyag coj Nkauj Nog moog ua ob
tug tug miv-nyuas lawm

Cov miv-nyuas sib paab daws tau Num Yeeb ob tug txhais
teg tes Num Yeeb txawm has tsua Vaam Huas tas, "Yog koj
xob nrhav teebmeem tsua peb tes nub nua kuv muab meb
tug ntxhais cob rov qaab tsua meb taabsis tug nqe tshoob
tes tug vauv yuav tsum them tsua ib ua nam ua txiv le
thaum u peb tau has tseg"

Cov miv-nyuas sib paab daws tau Num Yeeb ob tug txhais
kua-taw tes Num Yeeb txawm has tsua Vaam Huas tas,
"Yog koj xob nrhav teebmeem tsua peb suav dawg tes nub
nua kuv muab meb tug ntxhais cob rov qaab tsua meb

nawb taabsis tug nqe tshoob tes tug vauv yuav tsum them
raws le ib ua nam ua txiv xaav tau ntawd"

Num Yeeb has le caag los Nkauj Nog cov muag nug tsi
ntseeg vim Nkauj Nog yeej yog puab tug muam, yog tug
hlub nyob huv puab tsev neeg
Nam Num Yeeb has tas Nam Vaam Huas txhaj le yog Nkauj
Nog nam tag tag los Nkauj Nog tsi leeg vim nwg twb tsi
paub khub nam txiv uas sawv tom qaab txiv tooj teg tub
ntaus ntseg nrug ob tug txiv neej
Num Yeeb yuav muab Nkauj Nog qua los ob tug nug tsi
kheev tes Num Yeeb caab kag tug tub yau Nkauj Nog tawm
plawg huv tsev moog thaam txug puab cov teebmeem

Num Yeeb has le caag los Nkauj Nog cov muag nug tsi
noog vim Nkauj Nog yeej yog puab tug muam, yog tug
hlub nyob huv puab tsev neeg lug lawm ntev loo
Nam Num Yeeb has tas Nam Vaam Huas txhaj le yog
Nkauj Nog nam tag tag los Nkauj Nog saib ob nam txiv
Vaam Huas tsuas yog Moob uas txiv tooj teg tub ntaus
ntseg coj tuaj txais tshoob
Num Yeeb yuav qua Nkauj Nog los ob tug nug tsi pum
zoo tes Num Yeeb caab kag tug tub yau Nkauj Nog tawm
plawg huv tsev moog thaam kuam tug tub paub txug puab
cov teebmeem thoob

Tug nug chim sab heev tes nwg rov loo moog has tsua
Nkauj Nog ib leeg tas, "Moob twb rov tuaj lawm tes koj ua
ib sab nrug puab moog es koj lub neej txhaj le yuav tsheej
Txawm koj yug lug txawv xeem hab yuav moog nrug leej
twg nyob taag koj sim neej los ncu ntsoov tas koj hab peb
tseem yog muag nug sib txheeb es moog hlub-hlub yawm
yij hab nwg tsev neeg"
Tug nam hluas khawm nkaus Nkauj Nog ceev-ceev tes
puab ca le qua Nkauj Nog moog nrug txiv tooj teg tub
ntaus ntseg ua neej

Tug nug quaj ib leeg nrau zoov ntev loo tes nwg rov moog
has tsua Nkauj Nog tas, "Moob twb rov qaab tuaj lawm
tes koj ua ib sab nrug puab moog es koj lub neej txhaj le
yuav zoo
Txawm roj ntshaa peb tsi tau koom los ncu ntsoov tas peb
cov muag nug tau koom nyob ib lub tsev ua ke peg haav
zoov es koj moog nrug yawm yij hab nwg tsev neeg nyob
lawm los peb tseem yuav nug koj moo"
Tug nam hluas khawm nkaus Nkauj Nog tes ob leeg txawm
quaj noog ob tog sib has hum tes muab tshoob

Txiv tooj teg tub ntaus ntseg muab kaum choj nyaj cev
tsua Num Yeeb ob tug txhais teg tes nwg maam le saws

tau Nkauj Nog moog ua nwg sev

Nam Num Yeeb tsuas muab ib cev zaam tshab tsua Nkauj
Nog naav sawv kev hab muab Nkauj Nog kaaj ntaub kub
phij cuam tsua tug ntxhais hab tug vauv coj moog tsev

Nam Vaam Huas maam le ntseeg tas Nkauj Nog yog nwg
tug ntxhais tag-tag thaum nwg saib kaaj ntaub muaj ib tug
zaaj nyob ntawm lub kaum ceg

Txiv tooj teg tub ntaus ntseg cev ib hub nyaj ntawv puv
puv tsua Num Yeeb ob tug khaws tes nwg maam le saws
tau Nkauj Nog moog ua nwg tug txij nkawm

Nam Num Yeeb tsuas muab ib cev zaam tshab tsua Nkauj
Nog naav ua piv txwv tas Nkauj Nog yog nwg ib tug ntxhais
ua zag kawg es muab Nkauj Nog kaaj ntaub kub phij cuam
tsua tug ntxhais hab tug vauv nkawd

Nam Vaam Huas saib kaaj ntaub muaj ib tug zaaj nyob
ntawm kaum ceg caws tes nwg maam ntseeg tas nwg
nrhav tau nwg tug ntxhais lawm

Nkauj Nog yuav txiv tooj teg tub ntaus ntseg tsi tau muaj pes tsawg mo, Num Yeeb ca le coj nwg tsev neeg tsiv moog nrug cov kwv tij nyob es nim tsi xaa ib tsaab xuv moog qha tsua Nkauj Nog paub hlo

Nkauj Nog yuav txiv tooj teg tub ntaus ntseg tsi tau muaj pes tsawg nub, Num Yeeb ca le coj nwg paab nam tub tsiv moog lawm ntsag tu ua tsua Nkauj Nog ncu-ncu nwg tug nam hluas hab ob tug nug

Nkauj Nog paub Vaam Huas ob tug ntev quas zug tes nwg paub has tas ob tug yeej hlub hab ncu txug nwg heev txij le nub Niam Num Yeeb nyag coj nwg moog tu
Nkauj Nog tau ntsib nwg ob tug viv ncaug hab ob tug nug uas nrug nwg koom nam koom txiv yug los muaj qee nub nwg tseem ncu-ncu paab muag nug uas thaum u nwg nrug puab noj koom ib lub tsum

Nkauj Nog paub Vaam Huas ob nam txiv ntev zog tes nwg paub has tas ob tug yeej txhawj txug nwg tshaaj plawg le os
Nkauj Nog tau nrug cov muag nug uas nrug nwg koom nam koom txiv nyob suv sab so los muaj qee mo nwg

tseem ncu txug paab muag nug uas thuam hov nwg nrug puab koom noj ib taig mov

Nkauj Nog hab txiv tooj teg tub ntaus ntseg ua lub neej muaj noj muaj haus los ob tug paub tas peev nyaj txag tsi muaj ntau es txhawj tsaam ob tug muaj miv-nyuas tes ntshe nyaj txag yuav tsi txaus

Nkauj Nog hab txiv tooj teg tub ntaus ntseg ua lub neej muaj noj muaj naav los ob tug paub tas peev nyaj txag yuav tsi kaav es txhawj tsaam ob tug muaj miv-nyuas tes ntshe nyaj txag yuav txawj taag

Nkauj Nog txawm has tsua txiv tooj teg tub ntaus ntseg tas, "Txiv tooj teg tub ntaus ntseg aw, ib ua neej txug taav le nuav los peev nyaj txag tsi puv ib teg tes ca kuv ntim su nrug koj moog ua luam muag ntseg tsua nam maab quas suav teb" los Nkauj Nog nim xeeb tub quas zoj tuaj nruab cev tes txiv tooj teg tub ntaus ntseg txhaj le tau tawm rooj lis plawg ib leeg moog ntauj kev es yuav tseg ncua Nkauj Nog nyob tuaj rov tom tsev

Nkauj Nog txawm has tsua txiv tooj teg tub ntaus ntseg tas, "Txiv tooj teg tub ntaus ntseg aw, ib ua neej txug taav le nuav los peev nyaj txag tsi puv ib naab tes ca kuv ntim

su nrug koj moog ua luam muag ntseg tsua nam maab
quas suav aav" los Nkauj Nog nim xeeb tub quas zoj tuaj
nruab plaab tes txiv tooj teg tub ntaus ntseg txhaj le tau
tawm rooj lis plawg ib leeg moog ntauj kaab es yuav tseg
ncua Nkauj Nog nyob tuaj rov tom qaab

Tshooj 12

Txiv tooj teg tub ntaus ntseg rov qaab moog tsua tom lub paag dej uas nruab nub mo ntuj los muaj ntseg coob heev tawm tuaj ua luam dej

Txiv tooj teg tub ntaus ntseg nim moog khwv es nyaj txag dwg quas luag tau ib naab nyaav quas qeeg txaus lub kawm ev tes nwg yuav rov qaab moog tsev los Nkauj Nog nim nqhes-nqhes nqaj ntseg

Txiv tooj teg tub ntaus ntseg txawm rov qaab moog tsua tom lub paag dej uas mo ntuj nov puav ntxuaj tis yaa

Txiv tooj teg tub ntaus ntseg nim moog khwv es nyaj txag dwg quas luag tau ib nab nyaav quas qeeg txaus lub kawm aub ua ib nraa tes nwg yuav rov qaab los Nkauj Nog nim nqhes-nqhes nqaj ntseg qhaa

Txiv tooj teg tub ntaus ntseg muab nwg lub vaag ntseg laim khuab li nkaus tuaj qaab zeb na ua caag tsi yog ntseg nuj ntseg naag tawm tuaj ntxeev cev

Nim yog nkauj zaaj ntsuab tawm tuaj sau teb es muab txiv tooj teg tub ntaus ntseg lub cev qhau lis plhuav tsua huv lub paag dej

Txiv tooj teg tub ntaus ntseg muab nwg lub vaag ntseg

laim khuab li nkaus tuaj qaab aav na ua caag tsi yog ntseg
nuj ntseg naag tawm tuaj ntxeev plaab
Nim yog nkauj zaaj ntsuab tawm tuaj sau yaam es muab
txiv tooj teg tub ntaus ntseg lub cev qhau lis plhuav tsua
huv lub paag zaaj

Tshooj 13

Nkauj Nog xaav tas txiv tooj teg tub ntaus ntseg twb moog
dhau lub caij ob tug tau has tseg tes ca Nkauj Nog ntim su
tawm rooj li plawg moog ntauj kev seb puas nov taag txiv
tooj teg tub ntaus ntseg lub npe
Es Nkauj Nog yuav moog has seb txiv tooj teg tub ntaus
ntseg puas yuav nrug Nkauj Nog rov qaab moog tsev

Nkauj Nog xaav tas txiv tooj teg tub ntaus ntseg twb moog
dhau lub caij ob tug sib thaam tes ca Nkauj Nog ntim su
es tawm rooj li plawg moog ntauj kaab seb puas nov taag
txiv tooj teg tub ntaus ntseg lub npe xyaav
Es Nkauj Nog yuav moog has seb txiv tooj teg tub ntaus
ntseg puas yuav nrug Nkauj Nog rov qaab

Nkauj Nog moog nug nwg nam hab nwg txiv Vaam Huas
tes ob tug has tas txiv tooj teg tub ntaus ntseg moog cuab
ntseg tom lub paag dej luj
Nkauj Nog xaav moog pum taabsis leej nam hab leej txiv
tsi pub es has kuam nwg ca le nyob huv tsev twj ywm tog
txiv tooj teg tub ntaus ntseg rov qaab lug

Nkauj Nog moog nug nwg nam hab nwg txiv Vaam Huas
tes ob tug has tas txiv tooj teg tub ntaus ntseg moog cuab

ntseg tom lub paag dej ntsuab

Nkauj Nog xaav moog xyuas taabsis leej nam hab leej txiv tsi pub nwg moog vim nwg tseem taabtom muaj miv-nyuas

Pw ib mos kaaj ntug, Nkauj Nog txawm has tsua Vaam Huas ob tug tas nwg yuav tau rov qaab moog tsev ntxuv-ntxuv

Leej nam ntim tau Nkauj Nog ib pob su tes Nkauj Nog ca le nyag kev moog thaum ob tug tsi pum es moog ob nub ke maam moog txug tom lub paaj dej luj

Kaaj ntug es lub nub twb tawm tuaj, Nkauj Nog txawm has tsua Vaam Huas ob tug tas nwg yuav tau rov qaab moog tsev tsuag-tsuag

Leej nam cev lub naab ntim pob su tsua Nkauj Nog khuam tes Nkauj Nog txawm nyag kev moog thaum ob tug tawm moog ua qhua es moog ob nub ke maam moog txug tom lub paag dej ntsuab

Nkauj Nog nim ntauj taws sua yeev moog pum ib lub nkoj xyoob hab leej twg lub vaag los lub paag dej daav le daav Nkauj Nog lub sab faav tes nwg tig hlo xub dlag quas yeev xaav rov qaab los nim pum leej twb taabtom hlawv teb nchu paa

Nkauj Nog ntshai paag dej daav npaum le caag los nwg yuav nkuam nkoj hlaa moog saib seb puas yog txiv tooj teg tub ntaus ntseg ntaag

Nkauj Nog nim ntauj taws sua yeev moog pum ib lub nkoj xyoob muaj leej twg lub vaag ntseg khaum tuaj saab sau los lub paag dej tsaus le tsaus
Nkauj Nog lub sab pauv tes nwg tig hlo xub dlag quas yeev xaav rov qaab moog los nwg lub sab kuj xaav paub
Nkauj Nog ntshai paag dej tsaus cov dej ntaus los nwg yuav nkuam nkoj hlaa moog kuam tau es saib seb puas yog txiv tooj teg tub ntaus ntseg taabtom hlawv teb tauj

Nkauj Nog nrug nam dej daav ntaab yuj yeeg moog txug tim ntug tes nwg txawm nqeg sau lub nkoj moog ncig nrhav tug txiv neej puag taa los tsi pum
Nkauj Nog tsaa hlo lub ncauj hu los txhua qhov chaw nim nyob ntsag tu

Nkauj Nog nrug nam dej tsaus ntaab yuj yeeg moog txug tim ntug xuab zeb tes nwg txawm nqeg sau lub nkoj moog nrhav tug txiv neej puag taa tom lub tsev teb es xyov leej twg nyam qhuav rawv tau tawg nte los nim nov no txag zag thoob plawg Nkauj Nog ib ce

Nkauj zaaj ntsuab sab tsi zoo es nim yuav muab txiv tooj teg tub ntaus ntseg zais lis zoj tsua huv lub haav paag dej ntsuab

Txiv tooj teg tub ntaus ntseg nyob txhooj tsi paub, ua caag nub nua nim yuav nov taag Nkauj Nog lub suab quaj

Txiv tooj teg tub ntaus ntseg lub ncauj tsi has los sab xaav twj ywm tas yog sim nuj quas tsi tuaj

Txiv tooj teg tub ntaus ntseg maam tsaa qhov muag moog saib sau nplaim dej ntaus ua npuag, ua caag nim pum taag Nkauj Nog lub ntsej muag

Nkauj zaaj ntsuab sab tsi zoo es nim yuav muab txiv tooj teg tub ntaus ntseg zais lis zoj tsua huv lub haav paag dej ntsu ntsuab xav lug

Txiv tooj teg tub ntaus ntseg nyob txhooj tsi paub, ua caag nub nua nim yuav nov taag Nkauj Nog lub suab quaj hu

Txiv tooj teg tub ntaus ntseg lub ncauj tsi has los sab xaav twj ywm tas zoo le yog muaj tuab neeg tuaj txug sub

Txiv tooj teg tub ntaus ntseg maam tsaa qhov muag moog saib sau nplaim dej ntaus ua zug na ua caag nim pum taag Nkauj Nog lub cev ntaaj ntsug

Txiv tooj teg tub ntaus ntseg saib zoj Nkauj Nog taabtom

ce nkoj yuav rov qaab moog lawm tag tag ces nwg tig hlo moog saib nkauj zaaj ntsuab tseem taabtom pw puag teg tuaj sib qhab ua tsua nwg chim chim sab

Txiv tooj teg tub ntaus ntseg xaav muab dej ntsu yeeg kag ua dej ntshab seb Nkauj Nog puas pum txiv tooj teg tub ntaus ntseg ib muag tag los ntshai tuab ruj rwg tsaam nkauj zaaj ntsuab ho na tau Nkauj Nog tug ntxhab

Txiv tooj teg tub ntaus ntseg saib zoj Nkauj Nog taabtom ce nkoj rov qaab moog lawm tes nwg xaav los chim plawv es nim tig hlo moog saib nkauj zaaj ntsuab tseem taabtom pw puag teg puag taw tuaj sib caws

Txiv tooj teg tub ntaus ntseg xaav muab dej ntsu yeeg kag ua dej dawb seb Nkauj Nog puas pum txiv tooj teg tub ntaus ntseg nam ib muag tsawv los ntshai tuab ruj rwg tsaam nkauj zaaj ntsuab ho na tau Nkauj Noj tug ntxhab txawv

Txiv tooj teg tub ntaus ntseg ca le dha moog txug tom yawm zaaj laug lub rooj vaag es moog daag zoj tau yawm zaaj laug tug tub maab tso taag txiv tooj teg tub ntaus ntseg tawm tuaj sau yaaj

Txiv tooj teg tub ntaus ntseg ca le dha moog txug tom yawm zaaj laug lub rooj vaag zeb es moog daag zoj tau

yawm zaaj laug tug tub qhev tso taag txiv tooj teg tub
ntaus ntseg tawm tuaj sau ntug dej

Yawm zaaj laug ob tug tub zuv sau lub qhov tsua xaav tas ntshe tug zaaj nyaj uas muaj cov nplai kub tsuas yog tawm tuaj moog laam cua

Tug zaaj nyaj nthuav kag nwg tug tw ntxuaj es ua luam dej yoj cev quas yeeg tuaj

Cov ntseg ca le ua luam dej moog hlaa huv qaab Nkauj Nog lub nkoj coob ua luaj es nim ntaus poob Nkauj Nog tug paas nkuam

Cov txoob ntseg ntse le ntse es nim hlais ua tsua lub nkoj cov hlua tu xoob thuav

Tug zaaj nyaj tsi paub tas nwg twb ua dej nphau quas nphwv moog ntaus taag Nkauj Nog lub nkoj puag

Yawm zaaj laug ob tug tub zuv sau lub qhov tsua kub xaav tas ntshe tug zaaj nyaj tsuas yog tawm tuaj nte tshaav ntuj

Tug zaaj nyaj nthuav kag tis ntxuaj huv qaab thus es ua luam dej yoj cev quas yeeg moog tsua sau Nkauj Nog ze quas zug tes Nkauj Nog pum dheev daabtsi ci nplaag huv haav dej ua tsua Nkauj Nog lub plawv dha tsi tug

Tug zaaj nyaj tsi paub tas nwg twb ua dej nphau quas nphwv moog ntaus Nkauj Nog lub nkoj ua tsua cov hlua tu nrho txhua txuj

Nov dej dlaas quas dlua tes nkauj zaaj ntsuab tsim dheev nam daab tug npau suav lug pum cov ntseg ua luam dej tsiv cuag le muaj tuab neeg tuaj cuab na cav yog Nkauj Nog poob dej moog pum nkauj zaaj ntsuab lub tsev tsuj tsev npuag

Nkauj Nog ntxuaj npaab tuam taw ua luam dej yuav tawm tuaj tes nkauj zaaj ntsuab ca le ua luam dej moog muab Nkauj Nog lub cev rig nkaus zuaj

Nov dej ntaus ua zug tes nkauj zaaj ntsuab tsim dheev nam daab tug npau dlub lug pum cov ntseg ua luam dej cuag le muaj tuab neeg tuaj pub na cav yog Nkauj Nog poob dej moog pum nkauj zaaj ntsuab lub tsev tsuj tsev npuag nyob huv qaab thus

Nkauj Nog ntxuaj npaab tuam taw yuav tawm lug tes nkauj zaaj ntsuab ca le ua luam dej moog muab Nkauj Nog lub cev rig nkaus nqug kuam nwg tug paa tu

Pum dheev Nkauj Nog lub nkoj cov hlua tu tes tug zaaj nyaj ca le pluj plag ua luam dej moog nrhav lawm huv qaab thus

Tug zaaj nyaj pum dheev nkauj zaaj ntsuab ntswj zog cev yuav muab Nkauj Nog tum tes nwg hu kag tas, "Thov tso kuv tug quas puj es rau txim tsua kuv vim kuv yog tug coj nwg lug"

Pum dheev Nkauj Nog lub nkoj puag tes tug zaaj nyaj ca le pluj plag ua luam dej moog nrhav huv qaab ntxhuab es moog pum nkauj zaaj ntsuab ntswj zog cev muab Nkauj Nog lub cev chua

Tug zaaj nyaj hu kag tas, "Thov tso kuv quas puj miv-nyuas es muab kuv tua vim yog tim kuv es nwg txhaj le tuaj"

Nkauj zaaj ntsuab hle tug zaaj nyaj lub kauj toog zaaj kub coj moog cu tes tug zaaj nyaj hloov cev kag ua tug txiv tooj teg tub ntaus ntseg uas Nkauj Nog nim naj nub naj mo ncu

Nkauj zaaj ntsuab rov qaab cev lub kauj toog zaaj kub tsua txiv tooj teg tub ntaus ntseg tas, "Yog koj xaav cawm koj tug quas puj tes ca le coj kuv lub kauj toog kub es cog lug tas txij nub nua moog koj yuav ua zaaj txij zaaj laug tiv thaiv kuv moog nam ib puas ib phaab xyoo tsi sib nrug Yog muaj nub koj rhuav kev cog lug tes koj ob nam tub ib tug twg yuav tau txais kev pluj"

Nkauj zaaj ntsuab hle tug zaaj nyaj lub kauj toog zaaj kub coj moog tshuab tes tug zaaj nyaj hloov kag cev ua tug txiv neej uas Nkauj Nog yuav

Nkauj zaaj ntsuab rov qaab cev lub kauj toog zaaj kub

tsua txiv tooj teg tub ntaus ntseg tas, "Yog koj xaav cawm
koj quas puj miv-nyuas tes ca le coj kuv lub kauj toog kub
dua es cog lug tas txij nub nua moog koj yuav ua zaaj txij
zaaj laug zuv lub paag dej ntsuab moog nam ib puas ib
phaab xyoo tsi pub qhuav
Yog muaj nub koj rhuav kev cog lug ntawm nuav tes koj
ob nam tub ib tug twg yuav tsum tuag"

Thaum u yawm zaaj laug tau cog lug tsua yawm xub tas yog muaj tuab neeg tuaj yuam kev txug ntawm paag dej zaaj los zaaj yuav tsi tawm moog tum

Yawm zaaj laug lub sab ntxhuv thaum nwg nov dheev xub nroo sau ntuj tsi tu

Nwg txawm tawm plawg moog ncig saib nwg cov ntxhais hab cov tub seb puas yog puab leej twg tau ua txhum

Thaum u yawm zaaj laug tau cog lug tsua yawm xub tas yog muaj tuab neeg yuam kev tuaj nkaum tshaav nkaum naag ze ntawm paag dej zaaj los zaaj yuav tsi tawm moog taav

Yawm zaaj laug lub sab tsi kaaj thaum nwg pum dheev tsag lis xub laim sau ntuj ci nplaag tes nwg tawm plawg moog ncig saib nwg cov ntxhais vauv hab cov tub nyaab seb puas yog puab ib tug twg tau ua tsi ncaaj

Yawm zaaj laug moog saib ntxhais nkauj zaaj ntsuab ua tug kawg na ua caag yog ntxhais nkauj zaaj ntsuab taabtom muab Nkauj Nog lub cev zawm es yawm xub txhaj le sawv

Yawm zaaj laug moog saib ntxhais nkauj zaaj ntsuab ua tug tom qaab na ua caag yog ntxhais nkauj zaaj ntsuab taabtom zawm saab Nkauj Nog tug miv-nyuas nyob huv plaab es yawm xub txhaj le sawv yuav tua ntxhais nkauj zaaj

Yawm zaaj laug yaa tawm plawg huv lub paag dej moog ntsib yawm xub tas, "Koj ntaus tsi tau lub cim pluj tsua kuv tug ntxhais hlub vim tug quas puj huv nyag tuaj pum taag peb lub chaw nyob huv qaab thus"
Yawm xub teb tas, "Taabsis nwg rau txim tsi tau tsua tug miv-nyuas uas tsi tau yug
Koj ua txiv ca le rov qaab moog has kuam nkauj zaaj ntsuab ca le tsum, yog tsi tsum tes xob tu sab tsua kuv"

Yawm zaaj laug tawm plawg huv lub paag dej moog ntsib yawm xub sau cov fuab tas, "Koj tua tsi tau kuv tug ntxhais nkauj zaaj ntsuab vim tug quas puj huv nyag tuaj pum taag peb cov tsev tsuj tsev npuag"
Yawm xub teb tas, "Taabsis nwg rau txim tsi tau tsua neej tug miv-nyuas
Koj ua txiv rov qaab moog has kuam nkauj zaaj ntsuab ca le tso plhuav, yog tsi tso tes kuv tua nwg taamsim nuav"

Txiv tooj teg tub ntaus ntseg saib Nkauj Nog qe muag zuj-zug tes nwg looj hlo nkauj zaaj ntsuab lub kauj toog zaaj kub cog lug

Nkauj zaaj ntsuab muab Nkauj Nog lub cev laim moog pov tseg tsua huv qaab thus tes txiv tooj teg tub ntaus ntseg yeeg kag cev ua tug zaaj nyaj es ua luam dej moog puag hlo coj Nkauj Nog tawm tuaj moog tim ntug

Txiv tooj teg tub ntaus ntseg saib Nkauj Nog tu paa tshuab tsi muaj npuag tes nwg looj kag nkauj zaaj ntsuab lub kauj toog npaab uas khawm nkaus ruaj-ruaj

Nkauj zaaj ntsuab muab Nkauj Nog lub cev cuam tes txiv tooj teg tub ntaus ntseg yeeg kag cev ua tug zaaj nyaj es ua luam dej moog puag hlo coj Nkauj Nog tawm tuaj moog tim ntug qhuav

Yawm zaaj laug rov loo moog pum ib muag nraug zaaj daaj tug ntsuj nyob huv Nkauj Nog lub nruab nrog

Nkauj Nog kaaj ntaub khi plaub hau hle hlo es ntaab yuj yeeg huv haav dej maav-maam tog tes yawm zaaj laug ntsab nkaus daim ntaub moog saib na cav yog yawm zaaj laug daim ntaub kub ci hob

Yawm zaaj laug zoo sab twj ywm vim tas zag nuav tes

nraug zaaj daaj tau lug pum nwg tsev neeg zaaj lub chaw
nyob

Yawm zaaj laug rov loo moog pum ib muag nraug zaaj
daaj tug ntsuj nyob huv Nkauj Nog lub cev
Nkauj Nog kaaj ntaub kub khi plaub hau hle es ntaab yuj
yeeg huv haav dej tes yawm zaaj laug ntsab nkaus tau
daim ntaub kub ci hob moog tuav ntawm teg
Pum lub cim zaaj nyob ntawm ib lub kaum ceg ua tsua
yawm zaaj laug zoo sab twj ywm vim tas zag nuav tes
nraug zaaj daaj tau lug pum nwg tsev neeg zaaj lub tsev

Nkauj zaaj ntsuab tsi txaus sab hlo vim tug zaaj nyaj nrug
Nkauj Nog moog ntev zog es yuav lawv qaab moog coj tes
yawm zaaj laug has kuam cov tub maab tub qhev ca le
muab nkauj zaaj ntsuab txhom

Nkauj zaaj ntsuab lub sab tsi ntev vim tug zaaj nyaj tau
nrug Nkauj Nog nyob ua ke es nwg yuav lawv qaab moog
caab tug zaaj nyaj lug tsev tes yawm zaaj laug has kuam
cov tub maab tub qhev ca le muab nkauj zaaj ntsuab nteg

Tug zaaj nyaj yoj cev dlaug leeg nqaa Nkauj Nog tawm
huv haav dej lug tes nwg tshuab kag ib paas tsua ntawm
Nkauj Nog ob saab phlu

Tug paa zaaj tes zoo yaam le hauv tshuaj khu es cawm tau
Nkauj Nog txuj sa tsi tu

Tug zaaj nyaj yoj cev dlaug leeg nqaa Nkauj Nog moog tso
pw sau cov nroj ntsuab xib xab tes nwg tshuab kag ib paas
tsua ntawm Nkauj Nog lub ntsej muag xav
Tug paa zaaj tes zoo yaam le hauv tshuaj ab es ua tsua
Nkauj Nog nim tsaug-tsaug zug ib plag los tsuav cawm tau
Nkauj Nog txuj sa

Tug zaaj nyaj muab nwg lub tuab hau pw ntawm Nkauj
Nog lub plaab miv-nyuas su es nov ob tug tug miv-nyuas
ua zug tes nwg lub kua muag dwg si tsi tu
Tug zaaj nyaj seev tas, "Kuv tub, kuv yuav moog nyob ua
zaaj txij zaaj laug kaav nplaj teb tug es maam ua kuam
yawm zaaj laug lub paag dej txawj huv tes kuv yuav tseg
koj nam nrug koj nyob es thov koj hlub
Kuv maam tseg kuv lub naab kub kuam meb ob nam tub
peev nyaj txag siv tsi tu"

Tug zaaj nyaj muab nwg lub tuab hau pw ntawm Nkauj
Nog lub plaab uas tug miv-nyuas xab es thawj zag nwg
tau nov ob tug tug miv-nyuas lub plawv dha ua tsua nwg
tu-tu sab
Tug zaaj nyaj seev tas, "Kuv tub, kuv yuav moog nyob ua

zaaj txij zaaj laug kaav nplaj teb taj es maam ua kuam yawm zaaj laug lub paag dej txawj ntshab ces kuv yuav ntseg koj nam nrug koj nyob es thov koj hlub nwg moog kuam taag tam

Kuv maam tseg kuv lub naab nyaj ca kuam meb ob nam tub peev nyaj txag siv tsi tu moog taag ib txhab"

Tug zaaj nyaj tshuab kag ib paas ntxiv tsua ntawm Nkauj Noj saab plhu tes nwg maam hloov cev ua txiv tooj teg tub ntaus ntseg es nkaag moog nrug Nkauj Nog nyob ua ke huv Nkauj Nog tug daab dlub

Tug zaaj nyaj tshuab kag ib paas ntxiv tsua ntawm Nkauj Nog daim tawv nti ncauj lab tes nwg maam hloov cev ua txiv tooj teg tub ntaus ntseg es nkaag moog puag Nkauj Nog huv Nkauj Nog tug npau suav ib zag kuam zoo nwg lub sab

Nkauj Nog tau nrug txiv tooj teg tub ntaus ntseg caij lub nkoj xyoob ntev es tsaa qhov muag saib ntsoov tim txuj kev taug moog tsev, nim yuav ntxee moog lawm ob peb lub toj roob hauv peg deb le deb

Nkauj Nog sawv nrug txiv tooj teg tub ntaus ntseg sau lub nkoj xyoob ntsuab es tsaa qhov muag saib ntsoov tim txuj kev taug moog tsev nim moog nyuaj, moog ob peb ntxees toj roob hauv peg deb ua luaj

Nkauj zaaj ntsuab chim sab heev thaum nwg pum ob tug tuav teg tes nwg ca le nthe ua dej dlaas quas dlua moog ntub taag Nkauj Nog tug taw tab hab taw sev

Txiv tooj teg tub ntaus ntseg plhis kag cev ua tug zaaj nyaj sawv moog thaiv kuam dej xob txaws tuaj ntub Nkauj Nog lub cev los dej txaws tuaj tsi tseg

Tug zaaj nyaj puag hlo Nkauj Nog yaa tes Nkauj Nog maam le tsim dheev lug saib ua caag zoo le toj roob hauv peg nim yuav nyob qeg-qeg ne

Nkauj zaaj ntsuab chim yuav tuag thaum nwg pum ob tug sawv sib puag tes nwg nthe ib suab ua tsua dej dlaas quas dlua sab yuav laug txij Nkauj Nog lub duav

Txiv tooj teg tub ntaus ntseg plhis kag cev sawv ua tug zaaj nyaj moog thaiv kuam dej xob txaws tuaj ntub Nkauj Nog lub plaab miv-nyuas taabsis dej txaws taag los txaws tuaj

Tug zaaj nyaj puag hlo Nkauj Nog yaa tes Nkauj Nog maam le tsim dheev huv nwg zaaj npau suav na ua caag nwg yuav yaa sau cov fuab

Nkauj Nog khawm nkaus khov-khov tug zaaj nyaj lub cej daab ntev tes tug zaaj nyaj khawm ceev zog Nkauj Nog lub cev

Nkauj Nog ca le qe hlo qhov muag thov ntuj hab teb kuam zaaj txij zaaj laug xob muab nwg tso tseg sau ib ntaa ntuj poob moog tsoo pob zeb

Nkauj Nog has tsua ntawm tug zaaj nyaj lub pob ntseg tas, "yog koj yog kuv tug txiv tooj teg tub ntaus ntseg tes muab kuv tso nqeg tim ntug dej es koj maam le moog txav xyoob lug txua ib lub nkoj tshab tsua kuv ce"

Nkauj Nog khawm nkaus tug zaaj nyaj lub cej daab ruaj-ruaj es muab nwg saab ntsej muag pw npuab nkaus ntawm tug zaaj nyaj cov nplai kub kuam cua xob tshawj heev-heev ntawm nwg lub ntsej muag

Nkauj Mog ca le qe hlo qhov muag thov ntuj hab teb kuam zaaj txij zaaj laug xob muab nwg cuam sau ib ntaa ntuj poob moog tsoo pob tsuas

Nkauj Nog txawm has ze ntawm tug zaaj nyaj lub pob ntseg quaj-quaj tas, "yog koj yog kuv tug txiv tooj teg tub ntaus ntseg tag-tag nua tes muab kuv tso nqeg tsua ntawm haav xyoob ntsuab es koj maam le moog txav xyoob lug txua ib lub nkoj tshab tsua kuv nkuam"

Txiv tooj teg tub ntaus ntseg txua nkoj tav taag es has kuam Nkauj Nog ce lub nkoj ntaab los Nkauj Nog tsi xaav ce lub nkoj ntaab

Nkauj Nog tuav rawv txiv tooj teg tub ntaus ntseg txhais npaab es thov los txiv tooj teg tub ntaus ntseg yuav tsi nrug nwg rov qaab

Txiv tooj teg tub ntaus ntseg txua nkoj tav log es has kuam Nkauj Nog ce nkoj los Nkauj Nog tsi xaav ce nkoj

Nkauj Nog tuav rawv txiv tooj teg tub ntaus ntseg lub tsho thov los txiv tooj teg tub ntaus ntseg yuav tsi nrug nwg rov

Nkauj Nog tu sab tshaaj tas, "Kuv txiv tooj teg tub ntaus ntseg aw, ib kev txij nkawm txawm yuav xaus le nuav lawm xwb ntaag

Kuv ncu koj ua luaj le nuav tes nrug kuv nyob ib tsaam es ua kuv luag nkuam nkoj moog kuam dhau lub haav zoov nuj txeeg ntsuab xib xab ntawm nuav moog tsua nraag

Kuv yuav thaam kuv txuj kev ncu tsua koj noog kuam taag seb koj lub sab puas faav es xaav nrug kuv rov qaab los koj yuav moog cuag koj tug nam nkauj zaaj"

Nkauj Nog has tu sab nrho tas, "Kuv txiv tooj teg tub ntaus ntseg aw, ib kev txij nkawm txawm yuav xaus le nuav lawm xwb lov

Kuv ncu koj ua luaj le nuav tes nrug kuv nyob ib mos es ua kuv luag nkuam nkoj moog kuam txug nraag Moob zog

Kuv yuav thaam kuv txuj kev ncu tsua koj noog kuam taag tso seb koj puas ncu kuv ib yaam le kuv ncu koj hab os

Yog koj lub sab tsi xaav rov qaab moog nrug kuv nyob tes koj maam moog cuag koj tug nam nkauj zaaj tom qaab os mog"

Txiv tooj teg tub ntaus ntseg nqug zog Nkauj Nog moog na ib paas tas, "Koj yog tug kuv hlub tshaaj"

Nkauj zaaj ntsuab tseem raug kaw huv nwg chaav taabsis nwg pum txhua yaam tes nwg xaav muab ob tug nqug kag ntshaav

Nkauj zaaj ntsuab ca le tsoo ua tsua tug paas nyaj laag saab nrau lub qhov rooj daam tes nwg txawm nyag kev tawm huv nwg lub chaav moog caum ob tug qaab

Txiv tooj teg tub ntaus ntseg nqug zog Nkauj Nog moog puag huv nwg lub xub dlag tas, "Yog kuv ua tau le kuv lub sab nyam tes yeej tsi muaj nub uas kuv yuav hloov sab ntawm koj moog ib zag le os koj nam"

Nkauj zaaj ntsuab raug kaw lawm tag taabsis nwg nov

taag txhua yaam txiv tooj teg tub ntaus ntseg has tes nwg
xaav muab ob tug hlais caj

Nkauj zaaj ntsuab ca le tsoo lub qhov rooj ua tsua tug
paas nyaj laag saab nraub luv kag tes nwg txawm nyag
kev tawm huv lub paag zaaj moog caum nrhav

Txiv tooj teg tub ntaus ntseg nkuam nkoj coj Nkauj Nog
moog yuav txug lub zog muaj Moob nyob huv
Txiv tooj teg tub ntaus ntseg txawm ca le nov kub lug
ntawm nwg lub cej daab teg cuag le suav tawg kub tes
nwg paub tas yog nkauj zaaj ntsuab cov khawv koob tum

Txiv Tooj teg tub ntaus ntseg nkuam nkoj coj Nkauj Nog
moog yuav txug lub zog uas muaj Moob nyob txhua
Txiv tooj teg tub ntaus ntseg txawm ca le nov kub lug
ntawm nwg lub cej daab teg cuag le muab suav tawg
npuab tes nwg paub tas yog nkauj zaaj ntsuab cov khawv
koob taabtom yuam kuam nwg hloov cev ua zaaj dua

Txiv tooj teg tub ntaus ntseg nim seev tas, "Ntuj os Nkauj
Nog, koj txiv tooj teg tub ntaus ntseg tes twb moog coj tau
zaaj lub kauj toog pluj es ntshe yuav tsi muaj nub uas kuv
yuav tau rov qaab moog nrug koj nyob zoo le thaum u
Kuv twb xaa koj lug dhau tug dej muaj zug tes koj maam
moog thov pw ib mos huv yim Moob uas muaj lub tsev luj

es luag txhaj le yuav muaj chaw tsua koj su

Pig-kig kaaj ntug, nov Moob tug lauv qab ntxuaj tis nchus tes koj maam le rov qaab quas ntsuj moog nyob ib lub tsev nqeeb thaum u kuv vuv es koj hlub-hlub ib tug miv tub"

Txiv tooj teg tub ntaus ntseg nim seev tas, "Ntuj os Nkauj Nog, koj txiv tooj teg tub ntaus ntseg tes twb moog coj tau zaaj lub kauj toog tuag es ntshe taag tam neej nuav kuv yuav tsi pum ib tug miv-nyuas lub ntsej muag

Kuv twb xaa koj lug dhau lub haav zoov nuj txeeg ntsuab quas xab tes koj xob ntshai hab xob quaj

Koj maam moog thov pw ib mos huv yim Moob uas tsi muaj ntau tug miv-nyuas es luag txhaj le yuav muaj lub chaw txais tog qhua

Pig-kig kaaj ntug, Moob tug lauv qab qua tes koj maam le rov qaab quas ntsuj moog nyob ib lub tsev vuv qeeb thaum u kuv txua es koj hlub-hlub ib tug miv-nyuas, xob tseg nwg nyob ua ntsuag"

Nkauj Nog xaav los chim sab tes nwg ob txhais teg siv-siv zug nqug ua tsua lub kauj toog zaaj kub haj yam zawm ntum ti es zawm tau Nkauj Nog cov ntiv teg ob peb tug

Txiv tooj teg tub ntaus ntseg tshem hlo Nkauj Nog txhais teg moog tas, "Tsuas yog zaaj xwb txhaj le rhuav tshem tau lub kauj toog kub ntawm kuv"

Nkauj Nog xaav los chim sab tes nwg ob txhais teg siv-siv zug nqug ua tsua lub kauj toog zaaj kub haj yam zawm ruaj es muab Nkauj Nog ob peb tug ntiv teg zuaj
Txiv tooj teg tub ntaus ntseg tshem hlo Nkauj Nog txhais teg moog tas, "Tsuas yog zaaj xwb txhaj le yuav rhuav tshem tau lub kauj toog npaab ntawm nuav es koj txawm yuav nqug npaum le caag los nwg yuav tsi rua"

Txiv tooj teg tub ntaus ntseg so cov kua muag ntawm Nkauj Nog ob saab plhu tas, "Ncu ntsoov nawb tug neeg kuv hlub, thaum lub caij ntuj naag tu, kuv yuav nrug yawm zaaj laug puab yaa tawm tuaj ncig sau ntuj tes koj hab miv tub tsaa taub hau saib es meb txhaj le pum kuv"
Nim tu-tu ob tug lub sab vim nyag yuav tau moog nyob nyag ib lub ntuj

Txiv tooj teg tub ntaus ntseg so Nkauj Nog cov kua muag tas, "Ncu ntsoov nawb tug neeg kuv tshua, thaum lub caij ntuj naag tu, kuv yuav nrug yawm zaaj laug puab yaa tawm tuaj ncig sau cov fuab es koj hab miv tub tsaa taub hau saib tes meb txhaj le pum kuv ib muag"
Nim mob ob tug lub sab lwj ntsuav vim nyag yuav tau moog nyob nyag ib lub ntuj khua sab quas khuav

Nkauj Nog lub sab tsi ris, nwg ob txhais teg siv-siv zug
nqug ib zag ntxiv na lub kauj toog zaaj kub coj ntawm txiv
tooj teg tub ntaus ntseg txhais teg xis ca le xoob miv ntsiv

Nkauj Nog lub sab tsi tuag, nwg ob txhais teg siv-siv zug
nqug ib zag dua na lub kauj tooj zaaj kub ca le pib rua
ntawm qhov chaw lub taub hau hab tug kua twv zaaj lug
sib txuas

Nkauj zaaj ntsuab yeej pum nyob huv Nkauj Nog lub nruab nrog yog nraug zaaj daaj tug plig

Nwg yog tug plig zaaj uas yuav muaj peev xwm ua tau tsua lub kauj toog kub yaaj ntshis vim yawm zaaj laug kuj yog nraug zaaj daaj leej txiv

Nkauj zaaj ntsuab ntxuaj kag tw hab ntxuaj kag tis ua luam dej moog ti tes txiv tooj teg tub ntaus ntseg plhis kag cev ua zaaj es coj hlo Nkauj Nog nrug nwg yaa plawg tsiv ua ntej nkauj zaaj ntsuab yuav muab ob tug lub nkoj xyoob ntaus kiv

Nkauj zaaj ntsuab yeej pum nyob huv Nkauj Nog lub nruab nrog yog nraug zaaj daaj tug ntsuj duab

Nwg yog tug ntsuj zaaj uas muaj peev xwm ua tau tsua lub kauj toog zaaj kub puam tsuaj vim nraug zaaj daaj kuj yog yawm zaaj laug ib tug miv-nyuas

Nkauj zaaj ntsuab nthuav kag tis hab nthuav kag tw ntxuaj es ua luam dej moog ntaus ob tug lub nkoj nov tawg nkig nkuav

Txiv tooj teg tub ntaus ntseg plhis kag cev ua zaaj es puag hlo Nkauj Nog nrug nwg yaa plawg tsiv ua ntej nkauj zaaj ntsuab yuav tshwm taub hau huv haav dej tuaj

Yawm xub nroo quas ntwg yuav muab nkauj zaaj ntsuab tua los nwg tseem nthe kuam lub ntuj tsi xob cuam tshuam

Yawm xub ca le ntsab nkaus nwg ib raab xub taus tooj coj moog huv kuam nav xub taus tooj zuag es ua tsag lis xub laim quas txag cuag nplaim tawg hlawv sau cov fuab

Yawm xub tas, "Koj ca le rov qaab moog taamsim nuav ua ntej kuv raab xub taus tooj yuav yaa tuaj txav koj tu duav

Yog koj dhuav txuj kev ua zaaj lawm tes ca kuv maam le xaa koj moog yug ua tuab neeg es koj txhaj le yuav paub txug Nkauj Nog txuj kev quaj ntsuag"

Yawm xub nroo quas ntwg kuam nkauj zaaj ntsuab ca le tsum los nwg tseem nthe twm lub ntuj

Yawm xub ca le ntsab nkaus nwg ib raab xub taus tooj coj moog huv ua tsua nav xub taus tooj ci lab daaj nruv cuag le muab hlawv huv lub qhov cub es ua tsag lis xub laim quas txag cuag le nplaim tawg hlawv sau cov fuab dub

Yawm xub tas, "Koj ca le rov qaab moog ua ntej kuv raab xub taus tooj yuav ua tsua koj txuj sa tu

Yog koj ntxub txuj kev ua zaaj tes ca kuv maam le xaa koj moog yug ua tuab neeg es koj txhaj le yuav paub txug Nkauj Nog txuj kev hlub"

Pum Moob lub zog muaj kaum tawm lub tsev tes tug zaaj
nyaj txawm coj Nkauj Nog moog tso nqeg huv txuj kev
Tug zaaj nyaj txawm has tu sab nrho tas, "Nkauj Nog, koj
txiv tooj teg tub ntaus ntseg tes twb plhis cev es twb moog
ua taag yawm zaaj laug tug vauv peb
Ntshe koj txiv tooj teg tub ntaus ntseg yuav rov tsi nyog
nrug koj moog tsev es yog koj tsi hlub los tseg, yog koj
hlub tes koj ncu ntsoov moog tso koj txiv tooj teg tub
ntaus ntseg lub kauj lev"

Pum Moob lub zog xov ob peb lub vaaj tes tug zaaj nyaj
txawm coj Nkauj Nog moog tso nqeg huv txuj kaab
Tug zaaj nyaj txawm has tu sab nrho tas, "Nkauj Nog, koj
txiv tooj teg tub ntaus ntseg tes twb plhis ua zaaj es twb
moog ua taag yawm zaaj laug tug vauv nraab
Ntshe koj txiv tooj teg tub ntaus ntseg yuav rov tsi nyog
nrug koj rov qaab es yog koj tsi hlub los tseg, yog koj hlub
tes koj ncu ntsoov moog tso koj txiv tooj teg tub ntaus
ntseg lub kauj vaab"

Nov yawm xub tua ua tsua toj roob hauv peg ntxhe tes
tug zaaj nyaj ca le yaa plawg moog sau ntuj es pluj moog
lawm zuj-zug luaj lub xuab zeb ua tsua Nkauj Nog lub sab

mob hlais rhe

Nkauj Nog saib es dha lawv nce toj nqeg taug los Nkauj
Nog twb lawv tsi pum tug zaaj nyaj lub cev

Nov yawm xub tua ua tsua toj roob hauv peg txaav tes
tug zaaj nyaj ca le yaa plawg moog sau ntuj es pluj lawm
zuj-zug luaj lub ntsab aav ua tsua Nkauj Nog lub sab mob
tsheej zaag
Nkauj Nog saib es dha lawv nce toj nqeg taug los Nkauj
Nog twb lawv tsi tau tug zaaj nyaj qaab

Nkauj zaaj ntsuab tsi noog yawm xub has es sawv tawm tsaam tes yawm xub ca le tso naag xub naag cua moog ntaus hab moog ntsawj ua tsua nkauj zaaj ntsuab tsi muaj zug yaa los nwg tseem nrug yawm xub sib caav

Nkauj zaaj ntsuab tas, "Koj txav txim tsi ncaaj vim tug quas puj tov xub-xub tuaj tsuj zaaj lub paag ua tsua peb cov ntseg nuj ntseg naag dha tawm taag hab nwg tseem tuaj nyag tau ib tug ntsuj plig zaaj mas koj yuav tsum rau txim tsua nwg kuam nyaav"

Nkauj zaaj ntsuab tsi noog yawm xub has es yaa plawg tsiv moog ceev-ceev tes yawm xub ca le tso naag xub naag cua moog ntaus hab moog ntsawj ua tsua nkauj zaaj ntsuab yaa qeeb los nwg tseem nrug yawm xub sib caav qeeg

Nkauj zaaj ntsuab tas, "Koj txav txim tsi ncaaj nceeg vim tug quas puj tov xub-xub tuaj tsim teebmeem ua tsua peb cov ntseg nuj ntseg naag ceeb hab nwg tseem tuaj nyag tau ib tug ntsuj plig zaaj tsua nwg tug kheej mas koj yuav tsum rau txim tsua nwg kuam nyaav heev"

Yawm xub teb tas, "Koj yog tug txhum vim koj tsi muaj cai coj tuab neeg lug nrug zaaj koom ib lub ntuj

Koj txawm yuav siv lub kauj toog zaaj kub muab txiv tooj

teg tub ntaus ntseg lub cev hloov ua tau tug zaaj nyaj los nwg tsi yog zaaj yug

Txiv tooj teg tub ntaus ntseg tseem naj nub seev kuam Nkauj Nog tuaj tso nwg tawm huv koj lub tsev uas muaj tub maab tub qhev zuv es Nkauj Nog txhaj le tau tuaj raws le nwg hu

Koj twb paub tas nraug zaaj daaj yog nraug zaaj lab tug ntxaib thaum u es yawm zaaj laug nim naj nub seev txug nwg tug tub, nwg txhaj le ua sab ua ntsws kuam Nkauj Nog tuaj raws le nwg txuj kev ncu"

Yawm xub teb tas, "Koj yog tug ua tsi yog vim koj tsi muaj cai coj tuab neeg lug nrug koj nyob

Koj txawm yuav siv lub kauj toog zaaj kub muab zaaj nyaj tug ntsuj moog ntsaws tau tsua huv txiv tooj teg tub ntaus ntseg lub nruab nrog los nwg tsi yog zaaj ib co

Txiv tooj teg tub ntaus ntseg tseem naj mo seev kuam Nkauj Nog tuaj tso nwg tawm huv koj lub tsev uas muaj tub maab tub qhe zuv txhua nrho es Nkauj Nog txhaj le tau tuaj raws le nwg thov

Koj twb nov tas nraug zaaj daaj yog nraug zaaj lab tug ntxaib thaum hov es yawm zaaj laug nov qaab tsi tau nwg tug tub hlo, nwg txhaj le ua sab ua ntsws kuam Nkauj Nog tuaj raws le nwg txuj kev tog-tog"

Nkauj zaaj ntsuab quaj hu kuam yawm xub ua naag xub naag cua tu los naag xub naag cua haj yam ntaus hab ntsawj ua vij ua voog hlub tshaaj qhov qub

Yawm xub saib tug zaaj nyaj yaa lug ze quas zug tes nwg tsaa hlo nwg raab xub taus tooj ua tsua nkauj zaaj ntsuab lub sab kub

Nkauj zaaj ntsuab yaa moog thaiv nkaus tsi pub tes yawm xub ceebtoom tas, "Nub nua koj tau rhuav tshem koj txiv hab kuv cov lug

Koj nim xaav nrug txiv tooj teg tub ntaus ntseg nyob koom ib lub ntuj tes ca kuv maam le muab meb xaa moog nyob ua ke lawm huv nplaj teb ua miv-nyuas khub"

Nkauj zaaj ntsuab quaj thov kuam yawm xub ua naag xub naag cua ntaug zog los naag xub naag cua haj yam ntaus hab ntsawj ua vij ua voog nrov

Yawm xub tog tug zaaj nyaj yaa lug ze zog tes mwg tsaa hlo nwg raab xub taus tooj tsom ua tsua nkauj zaaj ntsuab lub sab mob

Nkauj zaaj ntsuab yaa moog thaiv hlo tes yawm xub ceebtoom tes, "Nub nua koj tau rhuav tshem koj txiv hab kuv ib cov lug cog

Koj nim xaav moog nrug txiv tooj teg tub ntaus ntseg nyob koom ib lub ntuj heev le lov tes ca kuv sim muab meb xaa moog nyob ua ke lawm huv nplaj teb ua miv-nyuas ntxaib sob"

Nov xub nroo heev tshaaj puag taa ces yawm zaaj laug hab nwg cov tub maab haj yam ua luam dej tuaj maaj le maaj es yuav tuaj muab nkauj zaaj ntsuab caab rov qaab

Nov xub nroo tsi tseg tes yawm zaaj laug hab nwg cov tub maab tub qhev ua luam dej ceev le ceev tuaj lawm tsi nreg es yuav tuaj muab nkauj zaaj ntsuab nteg coj moog tsev

Tug zaaj nyaj ca le moog khawm nkaus coj nkauj zaaj ntsuab nrug nwg yaa

Ob tug yaa moog nkaag plawg tsua huv tug dej dwg huv haav tes yawm xub laim kag nwg raab xub taus tooj yaa lawv qaab moog tua raug ob tug poob moog ntaus ncaaj yawm zaaj laug ob tug tub maab

Ci nplaag huv haav dej le ib ntsais muag tes puab saib tug zaaj nyaj lub kauj toog npaab twb luv ntho huv nruab nraab

Tug zaaj nyaj ca le khawm nkaus coj nkauj zaaj ntsuab nrug nwg yaa moog ua ke

Ob tug yaa moog nkaag plawg huv haav dej tes yawm xub laim kag nwg raab xub taus tooj ntse-ntse yaa lawv qaab moog tua raug ob tug lub cev poob moog ncaaj ntawm yawm zaaj laug hauv ntej

Ci nplaag huv haav dej le ib ntsais muag tes puab saib tug
zaaj nyaj lub kauj toog npaab twb hle

Cov tub maab tub qhev txawm sib paab kwv nkauj zaaj
ntsuab lub cev rov qaab es tseg tug zaaj nyaj lub cev tog
moog lwj xyaw aav los nwg nim yog yawm zaaj laug tug
vauv nraab

Mob yawm zaaj laug lub sab tshaaj tes nwg txawm kwv
tug zaaj nyaj lub cev coj moog faus kuam muaj ntxaa

Yawm zaaj laug seev tas, "Txij nub nua moog tes kuv tug
ntxhais yuav tau nrug koj moog nyob ua ke lawm huv
nplaj teb es koj tsi xob ca nwg ntshaw noj ntshaw naav"

Cov tub maab tub qhev ca le coj nkauj zaaj ntsuab lub cev
rov qaab moog tsev es tseg tug zaaj nyaj lub cev tog moog
lwj xyaw xuab zeb los nwg nim yog yawm zaaj laug tug
vauv peb

Mob mob yawm zaaj laug lub sab tes nwg txawm kwv tug
zaaj nyaj lub cev coj moog faus ib saab ntawm tug dej

Yawm zaaj laug seev tas, "Txij nub nua moog tes kuv tug
ntxhais yuav tau nrug koj moog nyob ua ke huv nplaj teb
es koj tsi xob ca nwg txom nyem"

Thaum xub tua luv ntho lub kauj toog zaaj kub, tug zaaj nyaj nyob tsi tau ntxiv huv txiv tooj teg tub ntaus ntseg lub cev ntaaj ntsug

Tug zaaj nyaj txhaj le tau tso txiv tooj teg tub ntaus ntseg lub cev ntaab moog tsua tug dej muaj zug muab tshoob moog tsua nraag u

Txiv tooj teg tub ntaus ntseg nqug tug paa hlub los nqog tau dej nrug

Nwg ua luam dej peem quas tag nrug nam dej luj sib du moog ze quas zug txug qhov chaw uas muaj tuab neeg taabtom lug su tim ntug

Ob tug kwv tij Moob txawm sib paab nqug tau nwg tawm lug es saib nwg saab nruab qaum raug hlais tub tes ob tug ca le sib paab coj nwg moog ntxiv xuv kuam ntshaav tu

Thaum lub kauj toog zaaj kub luv ntho, tug zaaj nyaj nyob tsi tau ntxiv huv txiv tooj teg tub ntaus ntseg lub nruab nrog

Tug zaaj nyaj txhaj le tau tso txiv tooj teg tub ntaus ntseg lub cev ntaab moog tsua tug dej muaj zug muab tshoob moog tsua nraag Moob zog

Txiv tooj teg tub ntaus ntseg nqug tug paa yau zog los tseem hau tau dej nqog

Nwg ua luam dej peem quas tag nrug nam dej luj sib du
moog ze quas zog txug tim ntug uas muaj tuab neeg nyob
Ob tug kwv tij Moob txawm sib paab nqug tau nwg tawm
lug tuab tug tsi muaj zug hlo
Ob tug txheem nkaus huv qaab txiv tooj teg ntaus ntseg
ob lub qhov tsus kuam nwg xob dlog es saib nwg saab
nruab qaum raug hlais mob tes ob tug ca le sib paab coj
nwg moog ntxiv qhov nqaj to

Tshooj 25

Yawm zaaj laug chim-chim es sawv moog fim yawm xub ib zag ntxiv tas, "Koj muaj fwj chim lug saib ntuj hab teb taabsis koj tsi paub txug txuj kev zaam txim

Koj tso kuv lug kaav nplaj teb los txuj cai koj yog tug tsim tes txij nub nua moog, koj yuav tsum npug suav dawg cov qhov muag kuam puab xob pum peb hab peb xob pum puab ntxiv

Txawm puab yuav tuaj ncaaj ntawm peb lub paag zaaj los thov kuam tuab neeg hab zaaj xob sib ntsib"

Hov yog zag kawg yawm zaaj laug hab yawm xub sawv tuaj sib fim

Yawm zaaj laug chim sab tshuav tuag es sawv moog fim yawm xub ib zag dua tas, "Koj muaj fwj chim lug saib xyuas ntuj hab teb taabsis koj tsi hlub zaaj cov miv-nyuas

Koj tso kuv lug kaav nplaj teb los txuj cai koj yog tug suam tes txij nub nua moog, koj yuav tsum ua kuam puab xob pum peb hab peb xob pum puab es npug suav dawg cov qhov muag

Txawm puab yuav tuaj ncaaj ntawm peb lub paag zaaj los thov tuab neeg hab zaaj xob sib cuag"

Hov yog zag kawg yawm zaaj laug hab yawm xub sawv tuaj sib fim tim ntsej tim muag

Thaum Nkauj Nog dha moog txug, yawm zaaj laug twb sawv hov tog nwg lug taabsis yawm xub ua kuam Nkauj Nog tsi xob pum

Yawm zaaj laug saib Nkauj Nog lub cev taabtom xeeb tub es nyob huv tug miv-nyuas lub cev yog nkauj zaaj ntsuab tug ntsuj

Tu-tu yawm zaaj laug sab, yawm zaaj laug txawm yuav ncu nwg tug ntxhais npaum le caag los nwg maam le tsi seev txug

Nkauj Nog dha moog txug lig, yawm zaaj laug twb sawv hov ncig tog nwg lug sib fim los yawm xub ua kuam Nkauj Nog tsi xob ntsib

Yawm zaaj laug saib Nkauj Nog twb xeeb tub tau rau lub hlis es nyob huv tug miv-nyuas lub cev yog nkauj zaaj ntsuab tug plig

Chim-chim yawm zaaj laug sab, yawm zaaj laug txawm yuav ncu nwg tug ntxhais npaum le caag los nwg maam le tsi seev txug moog taag ib sim es txhaj le yuav tsi txhum lub ntuj ntxiv

Nkauj Nog txawm taug kev moog pum txiv tooj teg tub ntaus ntseg lub naab hab kaaj ntaub kub paav plaub hau nyob ua ke sau ib pawg aav

Nkauj Nog quaj es muab txiv tooj teg tub ntaus ntseg lub
ntxaa phlw taag tes nwg maam muab kaaj ntaub kub tso
tsua huv txiv tooj teg tub ntaus ntseg lub naab khuam
nqaa nrug nwg rov qaab

Nkauj Nog txawm taug kev moog pum txiv tooj teg tub
ntaus ntseg lub naab khuam hab kaaj ntaub kub paav
plaub hau nyob ua ke sau ib pawg aav uas txhim taag pob
zeb

Nkauj Nog quaj es siv ntiv teg muab txiv tooj teg tub ntaus
ntseg lub ntxaa cheb tes nwg maam muab kaaj ntaub kub
tso tsua huv txiv tooj teg tub ntaus ntseg lub naab khuam
nqaa nrug nwg moog tsev

Thaum Nkauj Nog moog thov tau lub chaw su tes twb
tsaus ntuj dlais

Nov Moob tug lauv qab ntxuaj tis quas tho tes Moob twb
sawv moog npaaj tshais es nim yuav taam tau txiv tooj teg
tub ntaus ntseg hab Nkauj Nog lub caij yuav rov qaab sib
ncaim

Thaum Nkauj Nog moog thov tau Moob lub chaw txais tog
qhua tes twb tsaus ntuj dlais ntawm qhov muag

Nov Moob tug lauv qab qua tes Moob twb sawv moog

npaaj kawm hab npaaj txuas es nim yuav taam tau txiv
tooj teg tub ntaus ntseg hab Nkauj Nog lub caij yuav sib
ncaim dua

Nkauj Nog khuam txiv tooj teg tub ntaus ntseg lub naab
nyaj sawv kev rov qaab moog tsev lawm tag-tag es ntshe
yuav tseg txiv tooj teg tub ntaus ntseg nyob kaaj-kaaj sab
nrug tug dej ntshab raws le txiv tooj teg tub ntaus ntseg
lub sab ib txwm nyam
Nkauj Nog quaj ncav es tig moog saib rov tom qaab ib zag
ntxiv hab los nwg paub tas txiv tooj teg tub ntaus ntseg
twb taag txuj sa
"Koj tso kuv tseg lawm tag tes zag nuav kuv yuav tseg koj
ca es ncu ntsoov lwm tam ib maam rov lug sib nrhav"

Nkauj Nog khuam txiv tooj teg tub ntaus ntseg lub naab
nyaj sawv kev rov qaab moog tsev lawm zuj-zug
Ntshe yuav tseg txiv tooj teg tub ntaus ntseg nyob kaj sab
lug nrug tug dej huv raws le txiv tooj teg tub ntaus ntseg
lub sab ib txwm ntshaw txij le thaum nwg tseem yog miv-
nyuas tub
Nkauj Nog tsi xaav moog los nwg paub tas tsi muaj nub
uas txiv tooj teg tub ntaus ntseg yuav sawv tau rov qaab
lug nrug nwg nyob zoo li thaum u
"Zag nuav tug yuav moog yog kuv tes kuv maam ca koj

pw tsaug zug es ncu ntsoov lwm tam ib maam rov lug sib hlub"

Nkauj Nog rov qaab moog txug tsev tsi muaj pes tsawg nub tes txawm muaj ib tug Moob nqaa tau ib tsaab ntawv tuaj nrhav txiv tooj teg tub ntaus ntseg tug quas puj yaav taav su

Nkauj Nog muab daim ntawv qheb nyeem txhua lu ua tsua nwg rov muaj sab moog tu txiv tooj tes tub ntaus ntses ob tug cov tsaj txhu

Txhua-txhua taag kig thaum lub nub tawm tim npoo ntuj, Nkauj Nog nim saib ntsoov txuj kev es thov ntuj kuam txiv tooj teg tub ntaus ntseg tug mob tsuas zoo zuj-zug

Nkauj Nog rov qaab moog txug tsev tsi muaj pes tsawg mo tes txawm muaj ib tug Moob nqaa tau ib tsaab ntawv tuaj nrhav txiv tooj teg tub ntaus ntseg tug quas puj huv zog

Nkauj Nog muab qheb nyeem taag nrho ua tsua nwg rov muaj sab moog lig lub luag noj

Muaj ib nub zoo los ib nub ntxhuv quas nyo, Nkauj Nog saib ntsoov lub qhov rooj txhua-txhua mo es thov ntuj pov kuam txiv tooj teg tub ntaus ntseg tug mob zoo hlo

Nkauj Nog lub kua muag poob nthaav thaum nwg pum dheev txiv tooj teg tub ntaus ntseg lug txug tsev yaav yuav tsaus ntuj

Txiv tooj teg tub ntaus ntseg nug tas, "Kuv ncu koj tshaaj plawg le os Nkauj Nog es koj puas ncu kuv"

Nkauj Nog so kag nwg cov kua muag thaum txiv tooj teg tub ntaus ntseg lug khov hab qheb lub qhov rooj npog

Nkauj Nog sawv tseeg ntawm lub tsum mov moog puag hlo txiv tooj teg tub ntaus ntseg tas, "Ua caag koj yuav moog ntev ua luaj le os? Kuv zoo sab heev uas koj rov qaab lug nrug ib ob nam tub nyob"

Txiv tooj teg tub ntaus ntseg rov qaab lug nrug Nkauj Nog ua lub neej nyob sib-sib hlub

Ob tug khwv muaj nyaj muaj kub lug puv hub hab tu tub tu kiv lug pub tsev ua tsua ob tug lub neej tshaav-tshaav ntuj

Txiv tooj teg tub ntaus ntseg rov qaab lug nrug Nkauj Nog ua lub neej nyob suv sab so

Ob tug khwv muaj noj muaj haus lug pub kwv tij neej-tsa txhua nrho hab tu tub tu kiv lug puv tsev ua tsua ob tug lub neej zoo tsim nyog

Txiv Tooj Teg Tub Ntaus Ntseg hab Nkauj Nog zaaj daab neeg tsuas lug xaus le nuav lawm xwb. Ua tsaug tsua ib tsoom kwv tij neej ntsaa phoojywg suav dawg uas mej tseem paab txhawb nqaa kuv hab nawb. Vaam hab ca sab tas mej tseem yuav paab txhawb nqaa kuv moog lawm yaav tom ntej.

Ua Tsaug,
Paaj Ntaub Thoj

Acknowledgement

Thov has ua tsaug tsua kuv tsev neeg. Ua tsaug tsua mej txuj kev hlub, kev paab, kev txhawj, hab kev txhawb sab uas mej tau muab tsua kuv txhua lub sij hawm.